*publication PN°1*
Bibliothek der Provinz

Victor Raskol

EHRENHERZ

oder

Die hartnäckigen Verschmutzungen

Roman

*herausgegeben von*

Richard Pils

*Verlag*

*publication PN*°1



A-3970 WEITRA

02815/35594

ISBN 3 85252 146 7

*Druckerei* Plöchl

A-4240 Freistadt

Victor Raskol

# Ehrenherz
oder
# Die hartnäckigen Verschmutzungen

*Roman*

*Meiner Familie gewidmet*

*Personen und Handlungen sind frei erfunden.*

# PROLOG

Im psychiatrischen Krankenhaus Baumgartnerhöhe in Wien lebt seit mehr als zwei Jahrzehnten ein etwa vierzigjähriger Mann, der behauptet, am 15. Februar 1918 geboren worden zu sein. Zwar kann man ihm ansehen, daß er ein unglücklicher Mensch ist, aber nicht, daß er unter einer schweren Form der Persönlichkeitsspaltung leidet. Abgesehen davon, daß sein Geburtsdatum nicht stimmen kann, zeigt der Mann, der sich Hubertus von Ehrenherz nennt, keine Anzeichen, die auf eine Geisteskrankheit schließen lassen. Man weiß wenig über ihn, ausser, daß er jede Woche von einer knochendürren, steinalten Dame besucht wird, die vermutlich seine Großmutter ist. Trotz seines dauerbetrübten Gemütszustandes ist er im Krankenhaus nicht nur sehr beliebt, sondern genießt ein Ansehen, wie es einem Geisteskranken nur selten zuteil wird. Einer der Gründe dafür liegt in seiner freundlichen, menschlichen Anteilnahme, die er grundsätzlich jedem angedeihen läßt. Er interessiert sich für seine Mitmenschen, beobachtet ihr Verhalten und bringt ihnen sein unbedingtes menschliches Mitgefühl entgegen.

Sich selbst scheint er jedoch nicht im geringsten zu mögen, manchmal hatte man sogar den Eindruck, daß er die Ausformung seiner eigenen Existenz als gehaßten Gegner, als Inbegriff des Feindbildes betrachtete. Denn beim Zusammentreffen von bestimmten, unglücklichen Umständen, beispielsweise wenn ihm jemand Anerkennung entgegenbrachte, sei es aus einer echten, unmittelbaren Gefühlsregung heraus oder auch nur, um den Patienten, der trotz seiner intensiven Anteilnahme für andere dauernd bedrückt und tieftraurig wirkte, etwas aufzumuntern, konnte gerade die verstärkte Anerkennung, die man ihm arglos zuteil werden ließ, einen neuerlichen, entsetzlichen Krankheitsschub auslösen. Sein letzter Anfall lag schon zwei Jahre zurück: Als der Oberarzt bei routinemäßigen Intelligenztests der Patienten feststellte, daß Ehrenherz über den beachtlichen Intelligenzquotienten von 146 verfügte und er dem Patienten dafür bei der morgendlichen Versammlung im Frühstückssaal seine öffentliche Wertschätzung zollte, reagierte der seltsame Herr von Ehrenherz höchst eigenartig: Er begann sich selbst wie unter Zwang zu malträtieren, indem er seinen Daumen in seine Augen stieß und sich heftig im Gesicht kratzte. Das mindeste, was er sich bei solchen Gelegenheiten antat, war, sich Ohrläppchen oder die Nase blutig zu zwicken. Die Ärzte des psychiatrischen Krankenhauses hatten nicht den Eindruck, daß der Patient diese Akte der Selbstbeschädigung mit bewußtem Vorsatz ausführte, sondern sie vermuteten, daß sie in zwanghafter Ausformung durch das Unterbewußte des Patienten initiiert wurden.

Die Anfälle erfolgten blitzschnell und ohne jede Ankündigung, sie dauerten nur wenige Sekunden, während derer er allerdings vollkommen die Kontrolle über sich verlor und sich mit ungebremster Heftigkeit und Wut attackierte. Und dann brachen sie genauso plötzlich ab, wie sie eingesetzt hatten. Er mußte schon seit längerer Zeit an seinen unkontrollierten, krankhaften Selbstattacken gelitten haben, denn sein Körper war von Narben und Schnittwunden entstellt. Obwohl er sich bei seinen schizophrenen Schüben immer wieder heftige Verletzungen zufügte, so waren die Ärzte doch zur Ansicht gekommen, daß eine Suizidgefährdung nicht gegeben war, sondern – ganz im Gegenteil – auszuschließen war, denn zumindest eines stand fest: Das Ziel der Eigenaggression war es, sich selbst zu bestrafen. Die Ursache seiner Selbstattacken aber blieb trotz der Anwendung aller Arten von psychoanalytischen Therapien im dunkeln. Nicht einmal in der Hypnose war es möglich, die Hintergründe seines paranoiden Selbsthasses zu erforschen. Und warum vorgab der Patient, der kaum älter als Mitte Vierzig sein konnte, 1918 geboren zu sein? Noch erstaunlicher war, daß der merkwürdige Herr von Ehrenherz nicht nur vorgab, ein Greis zu sein, sondern sich auch wie ein solcher benahm. Er ging leicht vornübergebeugt am Stock, ließ keine Gelegenheit aus, um seinen, wie er behauptete, angegriffenen Gesundheitszustand zu erörtern und trug auch bei bedecktem Himmel eine alte Sonnenbrille, obwohl er in Wirklichkeit bei bester körperlicher Verfassung war und ausgezeichnet sehen konnte. Nachdem seit dem letzten Krankheitsausbruch schon Jahre vergangen waren und der Patient sich abgesehen von seinem Tick, sich wie ein Greis zu benehmen, normal und unauffällig verhielt, hatten ihn die behandelnden Ärzte von der geschlossenen Anstalt in das Sanatorium verlegt. Niemand wußte jedoch, daß er bisweilen mitten in der Nacht heimlich über die Mauer der Anstalt kletterte, um kilometerweit in der Stadt herumzumarschieren. Jeder, der dem freundlichen Herrn Hubertus im nächtlichen Großstadtgetümmel begegnete, hielt ihn für völlig normal, und keiner konnte ahnen, daß er einem Menschen begegnete, der im »Irrenhaus« lebte und an einer schweren Form der Bewußtseinsspaltung litt. Seine nächtlichen Streifzüge wurden von Mal zu Mal ausgedehnter, vor allem nachdem er eines Tages eine nahe dem Krankenhaus gelegene U-Bahn-Station entdeckte und sich in der Folge angewöhnte, mit der U-Bahn zu fahren, was den Aktionsradius seiner Nachtwanderungen auf die Innenstadt erweiterte. Er liebte es, Menschen zu beobachten. In lauen Sommernächten saß er oft stundenlang auf einer Parkbank, in der Hand eine Zeitung, in die er von Zeit zu Zeit hineinblickte und umblätterte, um nicht aufzufallen, und beobachtete die Menschen. In der kälteren Jahreszeit kaufte er sich mit dem Taschengeld, welches er fürs fallweise Aushelfen in der Krankenhausverwaltung erhielt, Bier und Schmalzbrote in irgendeinem jener zahlreichen Bierlokale, in denen jugendliche, Falter lesende, grünrote Intellektuelle verkehrten und eine Handvoll unverbesserlicher Repräsentanten der achtundsechziger Generation, die unter ihren immer dünner werdenden Haaren und an der spukhaften Oberflächlichkeit des sogenannten Zeitgeistes litten.

Mitten im Hochsommer des Jahres 1996, als der sommerzeitliche Tag so lang war, daß man nicht genau sagen konnte, ob es noch Nacht war oder schon Morgen, als also gerade die Sonne über dem Wiener Naschmarkt aufging, trottete Hubertus von Ehrenherz, schon müde von der Last seiner angeblichen oder eingebildeten achtundsiebzig Jahre und der anstrengenden Tätigkeit intensiven Beobachtens und Biertrinkens über den Marktplatz, auf dem bereits zu nachtschlafender Frühmorgenzeit ein reges Treiben herrschte. Es war also im Morgengrauen, und die noch gähnmüden Marktfahrer begannen bereits, ihre Stände für den hektischen Markttag des Großstadtsommersamstags aufzubauen. Hubertus ging mit der gebückten Last des alten Mannes, der schwere Schuld auf sich geladen hatte, er mußte noch vor Tagesanbruch zurück in der Klinik sein, und wollte gerade in die Unterführung zur U-Bahn einbiegen, als er – in seine Lieblingstätigkeit des scharfen Beobachtens versunken – bemerkte, wie ein Altwarenhändler eine mechanische Schreibmaschine aus einer Transportkiste heraushob. Er blickte auf die Schreibmaschine und blieb so abrupt stehen, als wäre er gegen eine

Glaswand geprallt. Er trat ganz nahe heran, um das Gerät besser betrachten zu können. Es trug eine dünne Gravur, welche offenbar mit einem Zirkel eingeritzt war, sie bestand nur aus zwei Buchstaben »K.S.« Er erkannte die Schreibmaschine und im selben Augenblick erlebte er die Wiedergeburt eines Bewußtseins, das jahrzehntelang in der Tiefe seines Unterbewußtseins verbannt war. »Siegfried Kadenbach«, hörte er Stimmen, die in einem wirren Durcheinander, beinahe gleichzeitig, aus seiner Erinnerung herausblitzten. »Erkläre mir einmal den Unterschied zwischen einem Konkurs und einem gerichtlichen Ausgleich«, rief jemand in seinen Gedanken. Und ein anderer deklamierte im emotionslosen Jargon des Juristen: »Nach der Konkursordnung bin ich verpflichtet, alle Gegenstände der Konkursmasse sicherzustellen, damit sie im Interesse des Gläubigerschutzes einer wirtschaftlichen Verwertung zugeführt werden können.« »Versündige dich nicht, Bub«, hörte er plötzlich den Pfarrer sagen. »Du hast einen Blasebalg im Mund«, flüsterte die Großmutter. Der Schmerz kam augenblicklich, schlagartig. Mit jener zunehmenden Wucht, die ihn immer noch in Erstaunen versetzte, entwickelte sich die chemische Reaktion, brannte sich die scharfe Säure in sein Fleisch. Da erinnerte er sich, wenn auch nur für ein paar Augenblicke. In wenigen Sekunden durchlebte er alles, was dreißig Jahre zuvor geschehen war.

*Das Leben ist ein Spiel, dessen Spielregel Nr. 1 lautet:*
*»Das ist kein Spiel, das ist todernst.«*
(Alan Watts)

# 1. DAS EVANGELIUM

Gestern war Barbara, das Dienstmädchen, weggegangen. Siegfried wußte, daß sie nie wieder in das Haus zurückkehren würde. Bis vor kurzem hatte sie ihn jeden Abend in einem großen Aluminiumbottich gewaschen, der in der Küche neben dem Holzofen stand. Es gab keinen Warmwasserspeicher im Haus, und so mußte das kalte Wasser auf den konzentrischen Herdringen des Holzofens erwärmt werden. Jeden Abend um halb sieben, wenn das Abendessen begann, nahm Barbara den metallenen Bottich, stellte ihn auf die etwa einen Meter hohe Kiste und füllte ihn mit warmem Wasser. Dann mußte sich Siegfried ganz ausziehen und in den Bottich stellen. Da die Holzkiste für den dreizehnjährigen Buben zu hoch war, benutzte Siegfried einen kleinen Schemel, um auf die Kiste zu gelangen. Siegfried stand auf der Holzkiste wie auf einem Podest. Sozusagen unter den Augen der Öffentlichkeit fing Barbara an, den Buben mit Schwamm, Seife und dem Wasser des Bottichs zu waschen. Eigentlich war es mehr eine Massage als eine Wäsche. Siegfried erinnerte sich daran mit einer Mischung aus Scham und Erregung. Oben, als bewegliches Monument auf seiner Holzkiste, war er zwar nackt und schutzlos den Blicken der Abendgesellschaft ausgesetzt, aber er profitierte auch von der erhöhten Perspektive des Beobachters. Während Barbara ihren Schwamm in das lauwarme, allmählich abkühlende Wasser tauchte, um seinen Körper von oben bis unten abzuwaschen, beobachtete Siegfried seine Eltern. Bis vor einiger Zeit hatte er da unten auch den Prokuristen Härtling beobachtet. Der Prokurist aß gern eine bestimmte Sorte Schinkenwurst, aber er haßte Fett. Messer und Gabel benutzte er mit erlesener Eleganz, er agierte lässig, mit beinahe aristokratischer Gelassenheit. Sein englisches Auto stand frisch gewaschen und hochglanzpoliert vor der Garage. Auf dem Teller des Prokuristen lag immer die gleiche Art von Schinkenwurst, oder besser gesagt, was davon noch übriggeblieben war, nachdem Barbara die weißen, kreisrunden Fetteilchen mit einem Messerchen säuberlich entfernt hatte. Es gehörte zu einer der zahlreichen Marotten Härtlings, daß er seine abendliche Wurst ausschließlich in dieser entfetteten, gesäuberten Form zu sich nahm. Das auf diese Weise verstümmelte Fleisch sah so erbärmlich aus, daß der Bub sich fragte, ob es möglich war, daß man mit einer gemarterten Wurst Mitleid empfinden konnte. Dort, wo zuvor die weißen Fettaugen waren, klafften nach der Radikal-Exstirpation durch Barbaras Messer kleine, kreisrunde Löcher im Fleisch, die wie schwere Verletzungen aussahen. Vielleicht war es gerade dieser eigentümliche Spleen Härtlings, der so großen Eindruck auf Siegfrieds Mutter machte.

Auf der erhöhten Position seines Zuschauerraumes mußte Siegfried jeden Abend ein Schauspiel verfolgen. Solcherart waren die Verhältnisse also auf merkwürdige Weise umgekehrt, verdreht. Die Schauspieler saßen unten, auf ihren Sesseln, der einzige Zuschauer hingegen stand nackt auf der Bühne. Es war absurd, so wie vieles in dem kleinen Ort Ellend irgendwo im österreichischen Waldviertel, hart an der toten Grenze zur Tschechoslowakei. Siegfried empfand es als ein seltsam ambivalentes, mehrschichtiges Gefühl, daß er sich Abend für Abend über das Benehmen seines Vaters ärgern mußte, während er gleichzeitig nackt war und dabei mit einem weichen Schwamm von einem Mädchen sanft massiert wurde. Siegfrieds Vater, der Besitzer einer Getreidemühle, war groß, grob und besaß eine entwaffnende, offene Skrupellosigkeit, die er nicht zu verbergen trachtete, sondern im Gegenteil oft in geradezu demonstrativer Weise zur Schau trug. Mit verläßlicher Regelmäßigkeit verschwand er nach dem Abendessen zum Kartenspielen ins Wirtshaus. Aufgrund seines hohen Körpergewichts, seiner Größe und seiner guten Konstitution vertrug der Mühlenbesitzer Hubert Kadenbach ein erstaunliches Quantum an Alkohol. Zur Durchsetzung seiner Argumente prügelte er sich gelegentlich mit seinen Zechbrüdern, zumeist Bauern aus dem Ort. Seinen schlechten Ruf als Weiberheld und naturburschiger Machtmensch trug er in der ganzen Gemeinde wie eine exklusive Auszeichnung mit sich herum.

Hubert Kadenbach war der erste im Ort gewesen, der ein Motorrad besessen hatte. Eines Abends war er auf dem Heimweg nach einem triumphalen Erfolg beim Bauernschnapsen mit dem Motorrad gegen eine Schwarzföhre gerast, was ihm beinahe das Leben gekostet hatte. Anschließend war er elf Tage im Koma gelegen und fuhr dann vier Wochen im Rollstuhl. Nach seiner wundersamen Genesung hatte er jedoch keinen Anlaß dafür gefunden, sein Leben zu ändern. Einmal mehr hatte er die kraftvolle Unbeugsamkeit seines ausgeprägten Charakters eindrucksvoll unter Beweis gestellt. Hubert Kadenbach war weiterhin ins Wirtshaus gegangen, hatte diejenigen, die sich wider besseres Wissen einließen, mit ihm Karten zu spielen, mit wachsender Routine über den Tisch gezogen, ging in seiner tausendfünfhundert Hektar großen Jagdpacht der Jagd nach den Gamsbärten, den Geweihen der Hirsche und den Röcken der Mädchen nach und war, für alle augenscheinlich, der erste Mann im Ort. Der Mühlenindustrielle Hubert Kadenbach war der uneheliche Sohn eines abgerackerten Bergbauern. Als rotznasiger Bastard hatte er schon früh lernen müssen, sein Leben in die Hand zu nehmen. Seine Mühle hatte er demzufolge gänzlich ohne fremde Hilfe und ohne Startkapital aufgebaut. Nach dem Krieg war das Geschäft rasch gewachsen, hatte sich prächtig entwickelt, und bald beschäftigte die Kadenbach-Mühle fünfundfünfzig Arbeiter.

Aber heute, an diesem Spätherbstmorgen des Jahres 1966, war alles zu Ende gegangen. Die Sozialversicherung hatte den Konkurs beantragt. Hubert wußte noch nicht, was das bedeuten würde. Er konnte keine Bilanz lesen. Die bei ihm im Betrieb beschäftigten Arbeiter würden ja noch ein paar Tage warten können, bis das Weihnachtsgeld ausgezahlt werden würde. »Die Leute sollten doch froh sein, daß sie überhaupt etwas zu arbeiten haben«, hatte Kadenbach vor ein paar Tagen dem Gewerkschaftsfunktionär ins Telefon gebrüllt. Und jetzt war der Konkurs eingeleitet, und es gab keinen Ausweg mehr, weil ihm die Banken als Reaktion auf die Nichtauszahlung des Weihnachtsgeldes alle Kredite fällig gestellt hatten. Seit der Buchhalter Härtling die Firma fluchtartig verlassen hatte, das war vor etwa einem halben Jahr gewesen, herrschte Chaos in den Büchern, und Hubert hatte nicht die leiseste Ahnung von Finanzen. Er war ein Meister im Umgang mit seinesgleichen, mit den Bauern, die ihm Weizen verkauften. Das war sein Metier, hier hatte er seiner Mühle den entscheidenden Vorteil verschafft. Vom Rechnungswesen verstand er jedoch so gut wie nichts. Heute, im Herbstnebel neunzehnhundertsechsundsechzig, war er am Ende angelangt. Der ganze Ort wußte es. Alles im Haus war verpfändet. Am raschesten hatte die Post reagiert. Die Techniker der Post waren bereits heute früh da gewesen und hatten wirklich nicht viele Umstände gemacht. Der Anschlußkasten des Telefons wurde kurzerhand abgeschraubt und mitsamt dem Apparat mitgenommen. Beim Hinausgehen räusperte sich der ältere der beiden Monteure und stammelte in ungeschickter Verlegenheit: »Tut mir leid. Was uns angeschafft wird, müssen wir erledigen. Auf Wiederschauen.« Der jüngere, offenbar noch Lehrling, packte den Montagekoffer und folgte wortlos seinem Meister. Aber Siegfried kam es vor, als ob die beiden sich während des Hinausgehens irgendwie zulächelten. Mit Beklemmung dachte er an die nächste Unterrichtsstunde in Maschinschreiben. Bis jetzt war es ja noch relativ einfach gewesen. Für seine Übungen hatte er sich die Schreibmaschine im Büro ausgeborgt. Um ins Büro zu seiner Schreibmaschine zu gelangen, brauchte er lediglich die wenigen Stufen von der Küche, welche im ersten Stock der Villa gelegen war, zum Büro ins Erdgeschoß hinuntergehen. Aber heute war die Tür zum Büro verschlossen. Siegfried blieb vor der verschlossenen Tür stehen und unwillkürlich, ohne daß er erklären konnte warum, betrachtete er seine Hände. Es stimmte wirklich. Mit der Wucht der Erkenntnis begriff er, daß sein Maschinschreiblehrer recht hatte. Siegfried hatte wirklich schmutzige Hände, »wie ein Kohlenarbeiter«, genauso wie der Professor gesagt hatte. Er dachte an Barbara, stellte sich vor, wie sie sich vor seinen schmutzigen Händen ekeln würde, wenn er ihren reinen, unschuldigen Körper berührte. Er schämte sich. Vor etwa zwei Monaten hatte er ihr, als fatale Konsequenz einer jähen Anwandlung von Verliebtheit, die sich mit plötzlichem Mut kombiniert hatte, einen Liebesbrief geschrieben. Sie hatte ihn nicht ausgelacht, aber sie hatte seitdem aufgehört, ihn am Abend im Bottich zu waschen. Barbara war neunzehn. Ihre Eltern hatten sie mit fünfzehn zu den Kadenbachs in die Arbeit geschickt.

Gestern war Barbara weggegangen, nachdem sie erklärt hatte, daß sie ein Kind vom Chef bekommen würde. Die

Mutter war zuerst hysterisch geworden, später hatte sie geweint und sich schließlich in ihrem Zimmer eingeschlossen. Siegfried suchte mit wachsender Verzweiflung nach einer Möglichkeit, um an die Schreibmaschine heranzukommen. Er wußte, die Prüfung nächste Woche würde entscheidend sein. Seine bisherigen Leistungen im Maschinschreiben waren allesamt mit »Nichtgenügend« beurteilt worden. Es war grotesk. Er würde der erste in der Handelsakademie sein, der nur deshalb durchfallen würde, weil er nicht Maschinschreiben konnte. Wenn er jetzt keine Schreibmaschine bekäme, würde er keine Hausaufgaben machen können, und es war ihm klar, daß er hoffnungslos in Rückstand geraten würde, denn die fehlenden Übungen ließen sich in der kurzen Zeit bis zur Prüfung nicht aufholen. Zuerst dachte er daran, über das Fenster von der Bachseite in das Büro einzusteigen. Aber das Risiko, dabei ertappt zu werden, war groß. Man würde ihn des Diebstahls bezichtigen. Es gab nur eine einzige Möglichkeit, ehrenvoll an die Schreibmaschine heranzukommen. Er mußte seinen Vater bitten, sie aus der Konkursmasse herauszulösen.

Siegfried stieg die Holzstufen hinauf ins Wohnhaus. Der Vater lag auf der kleinen roten Couch im ungeheizten Nebenzimmer. Er lag regungslos auf dem Rücken und starrte auf den Plafond. »Papa. Bitte entschuldige die Störung. Ich möchte dich was fragen …«, krächzte Siegfried, vor Aufregung heiser. »Was willst du. Wenn du was von mir willst, dann rate ich dir, gleich wieder zu verschwinden. Falls du das noch nicht bemerkt hast, du Idiot: Wir sind erledigt. Die Krankenkasse hat Konkurs angesagt. Am liebsten tät ich mich erschießen, aber ich bin ja kein Feigling. Sogar das Telefon haben sie mir abgedreht. Und für dich wird es Zeit, was Anständiges zu lernen. Du mußt

Geld verdienen. Oder glaubst du etwa, daß wir dich hier unter diesen Umständen noch länger durchfüttern können?« Siegfried konnte sich noch nicht so wehren, wie er es vermocht hätte, wäre er ein paar Jahre älter gewesen. Seine Stimme kam ihm irgendwie überhöht vor, etwas zu kindlich, um Eindruck zu machen. Jetzt, im entscheidenden Augenblick, konnte er kaum sprechen. Alles, was er herausbrachte, war ein flüsterndes Zischen. Siegfried haßte seine helle Sopranstimme. Die meisten seiner Schulkollegen hatten bereits den Stimmwechsel bekommen und waren im Schulchor der Handelsakademie in die männlichere Tenorgruppe versetzt worden, nicht aber Siegfried, der dies mit aller Kraft wollte, ja brauchte. Mit dieser Stimme, das wurde ihm klar, hatte er keine Möglichkeit, zu gewinnen. Jeder Kampf würde unweigerlich verloren werden. Hoffnungslos war es, Hubert herauszufordern. Aber Siegfried wußte, daß das nur ein Teil der ganzen Katastrophe war. Das Unglück würde erst richtig ausbrechen in den nächsten Tagen, wenn der Konkurs nach und nach überall bekannt wurde. Am Ende würde die Schande unerträglich sein. »Papa«, flüsterte Siegfried in hellem Sopran, »bitte kauf die alte Schreibmaschine, die unten im Büro steht, oder löse sie wenigstens aus der Konkursmasse heraus. Ich habe in ein paar Tagen eine Prüfung in Maschinschreiben, in der Handelsakademie, dort lernt man genau das vermeiden, was uns jetzt passiert ist.« Im selben Augenblick schon wurde ihm bewußt, daß er sein flehentliches Ersuchen in seiner Aufregung mit der falschen Argumentation vorgetragen hatte, aber da hatte er es schon ausgesprochen, er hatte es ausgestoßen, er hatte seinen Kummer herausgewürgt, ohne daß er es so wollte.

Die Dissonanz zwischen dem, was er gesagt hatte, und der Art, wie er es gesagt hatte, ließ die naive Aufrichtigkeit seiner Bitte komisch aussehen. Er hatte seinen Vater um etwas bitten müssen, in einer Situation höchster Verzweiflung. Wer in höchster Verzweiflung bittet, das hatte er nun auf schmerzhafte Weise lernen müssen, der macht sich lächerlich. Ja, Siegfried war auf dem Weg, allmählich eine lächerliche Figur zu werden. Seine Bewegungen wirkten linkisch, denn er war in letzter Zeit viel zu schnell gewachsen und bei weitem zu leichtgewichtig, im Verhältnis zu seiner Körpergröße. Beim Fußballspiel hatten sie ihn erst nach längeren, umständlichen Beratungen in die Klassenmannschaft aufgenommen, er stellte einen schwierigen Fall dar, einen »Grenzfall« eben. Ein Fußballteam besteht eben nur aus elf Spielern, und er war der unbedankte zwölfte. Aber es gab eine Sportart, die Siegfried ausgezeichnet beherrschte: Er war Spitze im Hochspringen und im Laufen. Leider machte ihm die Ausübung dieser Disziplinen solche Freude, daß er nicht selten auf den eigentlichen Zweck des Fußballspiels vergaß. Irgendwann kam irgendeiner seiner Mitspieler auf die Idee, ihm den Spitznamen »Drachensteiger« zu verpassen. Vielleicht wäre es besser gewesen, er hätte seine langen Beine beim Kicken etwas weniger extrem hochgeschleudert. Er schämte sich wegen seiner linkischen Bewegungen, und die Komik des leptosomen Extremismus, die er Tag für Tag in ungewollter Weise verkörpern mußte, empfand er als tiefe Demütigung. Leider blieb er von diesen Empfindungen auch in dem Augenblick nicht verschont, als er seinen Vater um etwas bitten mußte. Wie so oft, so hatte auch diesmal wieder sein Unbewußtes den Archetypus des Drachensteigers in ihm aufsteigen lassen, um ihn für die Verletzung seiner Würde zu bestrafen.

Hubert Kadenbach war sein Sohn lästig. Gerade jetzt, in der hoffnungslosen Situation, in der er sich selbst befand, ging ihm der Bub gewaltig auf die Nerven. Jahrelang hatte er geschuftet für diesen Rotzbuben. Der Bub war ihm all die Jahre hindurch zusehends lästiger geworden. Nicht nur, daß er zum Pfaffen ministrieren ging, er mußte auch noch den Oberministranten abgeben. Jeden Sonntag las der »Pfarrersbub« laut aus der Bibel. Der ganze Ort wunderte sich. Er hätte diesen Unfug nicht zulassen sollen. »Als ich in deinem Alter war«, sagte Hubert Kadenbach, »hab ich Tag und Nacht schuften müssen. Mein Vater hätte mich aus dem Haus gejagt, wenn ich nichts gearbeitet hätte. Es wird Zeit, daß du jetzt was lernst. Ich kann dich nicht mehr erhalten. Die Schreibmaschine kannst du vergessen. Der Doktor Selnitzky, der Masseverwalter, hat alles versiegeln lassen. Sonst hätte ich ja längst ein paar Maschinen verkauft. Glaubst, ich geh ins Gefängnis wegen deiner blöden Schreibmaschine?« Siegfried griff an die Türklinke, wollte hinauslaufen, aber er konnte sich im ersten Augenblick nicht bewegen. Das Blut pulsierte in den Fingern, irgendwas schob ihm Tränen in die Augen, er war nahe daran, sich einfach fallen zu lassen. Aber dann drückte er die Türklinke nach unten, so ruckartig, daß sie beim Loslassen mit einem unangenehmen Geräusch nach oben schnappte, drehte sich um, ging wie in Trance aus dem Zimmer. Erst als er am Dachboden angelangt war, bemerkte er, daß er seinem Vater kein einziges Mal in die Augen geblickt hatte. Wie sollte er den morgigen Tag überstehen? Siegfried umrundete den staubbedeckten Biedermeiertisch, klopfte während des Gehens mit der Faust auf den Tisch, zwei Schritte, eins, zwei, klopf, eins, zwei, klopf. Eins und zwei und klopf auf den Tisch, klopf auf den Tisch, schlag auf den Tisch, auf den schwarzen Biedermeiertisch und eins, zwei geht er jetzt im Kreis und immerfort im Kreis um den Tisch. Ob sich durch das fortwährende Gehen im Kreis Trittspuren bildeten, Gehpfade, kreisförmige Fußpfade der Verzweiflung? Die Jahresringe auf der großen runden Tischplatte waren trotz der schwarzen Imprägnierfarbe deutlich zu sehen. Auf dem weichen Holz konnte man die Maserung des Holzes mit dem Fingernagel nachziehen, verstärken oder durchkreuzen. Zum erstenmal in seinem Leben empfand er es als eigenartig, daß sie zwar alte Biedermeiermöbel besaßen, die auf dem Dachboden verstaubten, aber kein warmes Wasser in der Küche. Erst in diesem Augenblick war ihm vollständig bewußt geworden, daß die Kadenbachs jetzt entweder etwas noch nicht, oder etwas nicht mehr besaßen, denn alles Vermögen gehörte nun den Gläubigern. Manche Leute haben einen Boiler, andere wiederum haben keinen Boiler. Wir sind die einzigen im Ort, folgerte Siegfried, die keinen Boiler nicht haben. »Ja, ich hab keinen Boiler, keinen Boiler hab ich nicht«, intonierte Siegfried, überwältigt vom Triumph seiner hoffnungslosen Verzweiflung, die Melodie der Internationale. Seltsam, daß er sich gerade jetzt an seinen ersten und zugleich letzten Besuch bei den »Roten Falken« erinnern mußte, wo er diese Melodie gehört hatte. Er war nicht aufgenommen worden, weil er der Sohn eines Unternehmers gewesen war. Würde man ihn jetzt aufnehmen, wo er der Sohn eines Bankrotteurs war? Eine plötzliche Anwandlung von Scham stoppte seinen Anfall. Er hatte sich von seiner Verzweiflung überwältigen lassen und dafür schämte er sich jetzt. Er schämte sich über sein Weinen und dann schluchzte er über seine Beschämung, über die Schande, über die Zerstörung seiner Ehre. Jetzt, in der vollkommenen, übermäßigen Verzweiflung mußte der liebe Gott herhalten. Ja, er mußte ihm jetzt helfen. Hatte er ihm nicht ewige Unschuld geschworen, würde er seine Keuschheit nicht eintauschen können gegen ein bißchen Macht, ein bißchen Auserwähltsein, war er nicht der Oberministrant, war er nicht Siegfried, der die Lesung lesen durfte? Konnte er nicht immer noch Pfarrer werden, wenn es mit der Handelsakademie nicht klappen würde? Immer noch hatte er die Chance. Im Kloster würde man ihn brauchen, Mönche würden ihm Latein, Griechisch, Hebräisch lernen, er würde in Würde existieren. Ein Ehrenmann sein, in Würde leben können, geachtet werden, das wollte er. Draußen im Ort war es bereits dunkel geworden, das Zimmer war nicht geheizt, Siegfried legte sich aufs Bett, er putzte sich nicht die Zähne, wusch sich nicht im blechernen Lavoir. Aber er zog seinen Pyjama an und dachte noch lange an die Mönche, an Barbara und an die Maschinschreibprüfung und an alles zunächst abwechselnd, dann durcheinander.

Auch im Schlaf kam er nicht davon los, es vermischte sich alles, sodaß er schließlich davon träumte, daß ein Mönch das Evangelium von einer Schreibmaschine herunterlas. Mit einiger Überraschung bemerkte er, daß es seine Büroschreibmaschine war, denn sie trug seine Initialen, die er neben der Umschalttaste mit seinem Zirkel ins Gehäuse geritzt hatte. Ein Zettel mit dem Evangelium war eingespannt, er sah aus wie frisch getippt. Barbara stand neben dem Tabernakel, unter dem ewigen roten Licht. Sie trug ein kunstvoll besticktes Kleid und eine zierliche goldene Krone. Ihr dickes, dunkelbraunes Haar war hochgesteckt. Sie lächelte wie die Jungfrau Maria auf dem uralten Altarbild in der Pfarrkirche, unschuldig, mit der Sinnlichkeit der jungen Mutter, die Brüste prall von Milch, den Mund geöffnet, mit bebenden Nasenflügeln wie nach einer wollüstigen Anstrengung, das Herz voller Liebe, die Augen sehnsüchtig nach oben, auf den Altar gerichtet. Siegfried schwebte wie ein Kosmonaut, schwerelos und lässig über dem Altar, er breitete die Arme aus, ein Durchlauferhitzer mit bläulicher Flamme sprang an, hunderte blaue Gasflammen stiegen nach oben, Blut tröpfelte aus Siegfrieds Handflächen und von seinen Füßen auf das Papier, das in der Schreibmaschine auf dem Altar eingespannt war, aber die Blutstropfen verwandelten sich in Wörter, sobald sie auf das Papier gefallen waren. Ist es möglich? fragte sich Siegfried unablässig. War es wirklich möglich? Hatte Siegfried das Evangelium geschrieben?

## 2. DAS BILDNIS DES BUNDESPRÄSIDENTEN

Keiner in der Klasse hatte eine Ahnung, wer es getan hatte. Jedenfalls, und das konnte jeder mit freiem Auge sehen, klebte mitten auf dem Bundesadler ein Werbekleber für ein Motoröl. Das ganze bekam eine skurrile Note durch die Tatsache, daß schräg gegenüber das Bild des Bundespräsidenten hing. Und es schien, als hätte »Unser sehr geehrter Herr Bundespräsident« jetzt endlich einen Grund gefunden für sein unerklärliches Grinsen, das zuvor durch nichts motiviert erschien. Eigentlich war die Tragweite der ganzen Aktion niemandem bewußt geworden. Schüler, insbesondere wenn sie dreizehn Jahre alt sind, denken im allgemeinen nicht politisch. Aber diese Sache hatte offenbar eine politische Dimension, zumindest für den Buchhaltungsprofessor Berger. »Wer hat den Motorenöl-Kleber auf das österreichische Bundeswappen geklebt!« Noch nie zuvor war Berger so aufgebracht gewesen, jedenfalls konnte sich Siegfried an keine vergleichbare Situation erinnern. Was jetzt kam, war nicht mehr der bloße Tadel des Lehrers, es war – und irgendwie ahnten es viele – die Rede eines ehrgeizigen politischen Beamten, der Schuldirektor oder vielleicht sogar mehr werden wollte. »Der österreichische Staat hat für euch diese Schule gebaut. Wir haben diesen Staat aus dem Schutt des Kriegs wiedererrichtet, damit die nachfolgende Generation darauf aufbauen kann. Das Bundeswappen ist das Symbol unserer freiheitlichen Demokratie. »Einer von euch hat das Staatswappen beschädigt«, wiederholte er. Nur mit Mühe konnte sich Berger beherrschen.

Sie saßen auf ihren Sesseln vor ihren Holzbänken und hielten den Atem an. In solchen Sekunden war man sich selbst der nächste. Niemand meldete sich. Die Luft im

Zimmer war zum Schneiden. Vierundzwanzig pubertierende Buben und Mädchen, die Buben erst ziemlich am Anfang, die Mädchen beinahe schon am Ende ihrer Entwicklungsphase zum Erwachsenen. Schon wieder hatten sie in der Pause vergessen, das Fenster zu öffnen. Siegfried wußte, er war es nicht gewesen. Aber er hätte es sein können. Mutig genug war er ja, seine anarchistischen Tendenzen kannte jeder in der Klasse. Mit seinem gepunkteten Acrylpullover im Leopardenmuster war er sowieso jedesmal das Zentrum der Aufmerksamkeit. Zudem kam noch, daß er seit dem Bankrott irgendwie von den anderen abgerückt war. Aber den Aufkleber hatte er nicht aufs Bundeswappen geklebt. Berger hat mich im Verdacht, natürlich glaubt er, daß ich es war, dachte Siegfried. »Falls sich derjenige, der es getan hat«, insistierte Dr. Berger, noch um eine Spur gereizter, aber bereits am Höhepunkt seines Zorns – denn Berger begann sich in diesem Augenblick zu fragen, ob er sich noch unter Kontrolle hatte, und ein zukünftiger Schuldirektor, davon war Berger überzeugt, mußte sich immer und in jeder Situation unter Kontrolle haben –, »... sich nicht meldet, werde ich ein paar spezielle Fälle prüfen.« Die Stille war quälend. Die nervöse Transpiration der Schüler intensivierte den schlechten Geruch, der in der Luft stand.

»Siegfried Kadenbach«, sagte Berger und öffnete das Klassenbuch. »Erkläre mir mal den Unterschied zwischen einem Konkurs und einem gerichtlichen Ausgleich. Ist ja nicht so schwer, die Frage, für den Praktiker, nicht wahr?« Siegfried war – und das wunderte ihn selbst – gar nicht überrascht. Er war, und das wußte er mit erstaunlicher Sicherheit, am absoluten Tiefpunkt seiner menschlichen Würde angekommen. Berger hatte ihn, bewußt oder unbewußt, an seinem empfindlichsten Punkt getroffen. Was niemand wußte, in diesem Raum mit den fest montierten Klappsesseln, in diesem überheizten Zimmer mit der stickigen Luft: Der Schüler Siegfried Kadenbach hatte seine Ehre und Würde in den Mittelpunkt seines Lebens gestellt, ja seine ethische Integrität war der unverrückbare Fixpunkt, war die Basis von Siegfrieds individueller Lebensphilosophie. Warum das so war, wußte er selbst nicht. Es war einfach immer schon so gewesen, es mußte schon dagewesen sein. Keinesfalls bildete seine Erziehung die Ursache für diesen selbst auferlegten moralischen Imperativ, ganz bestimmt nicht. Aber vielleicht hatte er zuviel von diesen illustrierten Rittergeschichten über Prinz Ehrenherz gelesen?

Prinz Ehrenherz lebte vor tausend Jahren ein Leben von Ehre und Menschlichkeit, erfüllt von den ritterlichen Idealen der Würde und Gerechtigkeit. Seine Ehre war das Leitbild seines Lebens. Er mußte viele Abenteuer bestehen und viel Leid auf sich nehmen, um dem unbarmherzigen Ideal des Ehrenmannes, das er sich selbst zum Ziel gesetzt hatte, zu entsprechen. Bei seinem kompromißlosen Kampf gewann er zwar nach und nach an Ehre, wurde jedoch schwer verwundet. Schließlich fand man ihn, mehr tot als lebendig, aus vielen Wunden blutend, und brachte ihn zum König. Der König selbst pflegte seine Wunden und brachte ihn auf seine Burg, wo er für den Rest seines Lebens gefangen gehalten wurde, um ihn vor der Welt zu bewahren. Nur manchmal gelang es dem Prinzen, heimlich über die Mauern zu klettern, um das Treiben des Volkes zu beobachten.

War das mittelalterliche Weltbild des Prinzen, erhältlich in kleinformatigen, kolorierten Heftchen in jeder Trafik um drei Schilling, für die moralische Ausrichtung Siegfrieds verantwortlich? Jedenfalls war der Konkurs nicht mehr der Konkurs seines Vaters, er war in Siegfrieds persönliche Verantwortung übergegangen. Siegfried hatte den Konkurs seines Vaters adoptiert. Als Dr. Berger Schritt für Schritt näher kam, eröffnete sich ihm eine Allegorie, die ihm in diesem Augenblick skurril und absurd vorkam: Der Konkurs hatte sich eigenmächtig als Siegfrieds Privatvermögen auf der Aktivseite seiner persönlichen Handelsbilanz gestellt, sich selbst in seinem ganzen Umfang buchmäßig erfaßt und schwerstens bewertet. Und das geschah, ohne daß er es so wollte. Es war ihm plötzlich klar geworden: Er war die Karikatur eines Handelsschülers, er war die materialisierte Antithese zum wirtschaftlich handelnden Menschen, zum »homo oeconomicus«, geworden. Über Nacht hatte er den Alptraum des Kaufmannes erreicht, in noch nie dagewesener Rekordzeit. Andere würden Jahre brauchen, um bankrott zu gehen. Siegfried hatte es von einem Tag auf den nächsten, ganz ohne eigenes Zutun, gänzlich ohne »Anstrengung« geschafft. Schon in der ersten Klasse Handelsakademie hatte er seine Unfähigkeit überzeugend demonstriert. Wozu geht man denn in die Handelsakademie, fährt täglich beinahe zwei Stunden mit der Eisenbahn vom Hundert-Seelen-Kaff Ellend in die Kleinstadt Altenstätt? War er täglich bloß deshalb um sechs Uhr früh aus dem Bett gekrochen, hatte sich hastig mit kaltem Wasser im Lavoir die Hände gewaschen, war er bloß deshalb im Morgengrauen, in aller Herrgottsfrüh zum Bahnhof von Ellend gegangen, mechanisch, die Schultasche auf dem Rücken, den Kopf voller ungemacht er Hausaufgaben? Bloß um seinen Konkurs anzusagen? Vor all seinen Mitschülern? Uninteressant und lächerlich gemacht, nicht mehr ernst genommen mit seinem viel zu engen, durch zu heißes Waschen eingegangenen Pullover mit dem Leopardenmuster? Mit seinen viel zu langen, ungewaschenen strohblonden Haaren, mit der speckigen Schnittlauchfrisur, seinen dunklen Augen, den zu großen Drachensteiger-Füßen, mit seinen Abortdeckel-Händen, viel zu groß und breit, seinem untergewichtigen, wenig gepflegten Körper und der zwitschernden Sopranstimme? Erst durch das leise Geräusch des hochschwingenden Klappsessels war ihm aufgefallen, daß er sich erhoben hatte, so wie es sich für einen Schüler gehörte, im Jahre 1966. Wenn man sich schon nicht die Haare schneidet, so kann man sich ja wohl wenigstens aus seinem Sitz erheben, wenn man etwas gefragt wird. Sollte Siegfried dem Lehrer oder der an ihn gestellten Frage die Referenz erweisen, oder beiden in ihrer Kombination, dem synergetischen Effekt der Gewissensqual, die Siegfried nun durchstehen mußte?

Natürlich wußte er die Antwort. Ja, es stimmte, daß der Konkurs keinen Neuanfang erlaubte, ein Konkurs war etwas Endgültiges, er drang in die Privatsphäre. Der Konkurs nimmt Besitz von allem, was ein Mensch hat und ist. Der Konkurs stürzt den ersten Mann im Dorf und setzt ihn an die letzte Position, Siegfried hatte in einem Soziologiebuch gelesen, daß man diese Position als Nullposition bezeichnete. Man war in seinem sozialen Umfeld nichts mehr wert, man hatte seine Identität, den klaren Bezug zur Umgebung verloren. Beruf des Vaters: Mühlenbesitzer? – nein, Mühlenarbeiter? – nein, Konkursist? – ja, das war der richtige Ausdruck. Ein Konkursist ist der Detaillist des Konkurses. Ein bäuerlicher Kleinunternehmer, der Bankrott gemacht hat. Ein Konkursist eben. Eine Null. Bitte sehr, er war kein Bankrotteur. Das wäre zuviel der Ehre gewesen. Ein Bankrotteur, Herr Professor Doktor Berger, ein Bankrotteur würde den Konkurs elegant, umsichtig und raffiniert geplant und implementiert haben.

Oder »es« wäre ihm zufolge eines Casinobesuches sozusagen »passiert«, als läßliche Malaise, als »mode de vivre« oder so. Ein Bankrotteur würde in Ausgleich gehen, die Schuldner würden ihm gestatten, seinen Betrieb weiterzuführen, man kann doch einen Gentleman nicht im Stich lassen, n'est ce pas? Aber Hubert Kadenbach, dem Emporkömmling, diesem Parvenü, würde niemand helfen. Fast jeder freute sich über sein Unglück, man mochte ihn nicht leiden. Die richtige Ordnung der Dinge war wieder hergestellt. Siegfried stand aufrecht vor der Schulbank, blickte auf den ewig lächelnden Herrn Bundespräsidenten und brachte kein Wort heraus. Aber jedermann im Klassenzimmer konnte ihm beim intensiven Nachdenken zusehen. Zwei, drei, vier Sekunden vergingen und Siegfried sagte nichts und Dr. Berger sagte auch nichts mehr.

Eine allmählich definitiv werdende Gewißheit legte sich ins Klassenzimmer, zwischen die schlechte, mehrfach ein- und ausgeatmete Luft der vierundzwanzig Schulkinder – oder waren es schon Erwachsene – niemand vermochte es mit Sicherheit zu sagen –, die Gewißheit, daß Berger zu weit gegangen war. Auch er selbst begann es zu bemerken. Siegfried sagte so intensiv nichts, daß es beklemmend still wurde, und nachdem im gesamten Zimmer keiner mehr eine Bewegung oder wenigstens ein Geräusch machte, wurde die Stimmung unerträglich. Wenn zwei Dutzend Menschen auf 80 Quadratmetern alle dasselbe tun, nämlich nichts als bloß zu atmen, zu denken, zu fühlen, ihre Jausenbrote und die in den Mägen halbvergorene Schulmilch zu verdauen, und wenn diese perfekte Gleichförmigkeit auch nur für den verhältnismäßig kurzen Zeitraum von Sekunden abläuft, dann entsteht eine Stimmung der Wahrhaftigkeit. Wahrscheinlich war es diese spürbare Wahrhaftigkeit, die das plötzliche Geständnis des Staatswappenschänders auslöste. Der Schüler Walter Dunst hob seinen Arm, stand auf und erklärte mitten in die schneidende Stimmung und in die schlechte Luft hinein: »Ich bin's gewesen, Herr Professor. Ich habe den Kleber auf das Staatswappen gepickt. Ich bitte um Entschuldigung. Bitte, es tut mir leid.« Mit einem Satz hatten sie jetzt alle die Rollen getauscht, denn Berger – er konnte es nicht verhindern, daß es passierte – schämte sich so sehr und folglich, wie im Zwang, mußte er sagen, oder eigentlich passierte ihm ein Flüstern: »Schämt euch.« Aber obwohl er es nur leise ausgeatmet hatte, wußten alle im Klassenzimmer, daß er selbst damit gemeint war. Und daher ahnten sie alle, daß Dr. Berger verloren hatte, sein Angriff war ins Leere gegangen, er hatte sich blamiert. Und so hatte Siegfried im Augenblick einer bitteren Lebenserfahrung einen triumphalen Sieg errungen. Auf irgendeine Weise war dies allen bewußt, nur Siegfried selbst wußte es noch nicht.

## 3. DAS SPRUNGBILD

»Sie sind ja wachsbleich, junger Mann.« Frau Meisinger war wie üblich jeden Freitag »in die Altenstätt hinausgefahren«, wie die ländliche, vorwiegend bäuerliche Bevölkerung im weiteren Umkreis von Altenstätt ihre Bahnreisen in die Kleinstadt bezeichnete. Anna Meisinger hatte sich ein neues Bügeleisen gekauft. Eines jener sündteuren, neumodischen Geräte, mit denen man die Wäsche mit Dampf behandeln konnte. Ihre Schwiegermutter würde natürlich wieder keppeln. Anna Meisinger aber war keine Frau, die sich auf eine Streiterei mit ihrer über achtzigjährigen, bettlägerigen Schwiegermutter einließ. »Der Gescheitere gibt nach«, hatte sie zeit ihres Lebens, unablässig, zu jeder passenden wie unpassenden Gelegenheit gehört. Und kaum eine Bäuerin in Penzendorf nahm diesen Leitspruch ernster als Anna Meisinger, und von den vielen angeblichen Lebensweisheiten, welche einem Menschen vom Land nun einmal unaufgefordert eingetrichtert werden, war ihr diese die liebste geworden. Die Standardausrede der bequemen Verlierer war ihr Leitspruch geworden. Anna wollte ihre Ruhe haben, sie wollte keinen Streit, und im Laufe der Jahre war sie etwas dicklich geworden, und so fesch wie vor 17 Jahren beim Kirtag mit Dominik war sie auch nicht geblieben, das viele Arbeiten und das viele Ruh-Haben-Wollen hatten sich eben auch äußerlich ein wenig niedergeschlagen. Aber der junge Bursch neben ihr im Abteil sah wirklich so schlecht aus, daß er sie neugierig machte. »Ist Ihnen nicht gut, junger Mann? Sie schau'n blaß aus. Sie werden mir doch nicht erbrechen, hier im Abteil, gell? Vielleicht sollte man ein Fenster öffnen.« Anna Meisinger zog kräftig an dem dicken Lederriemen, den man zum Öffnen des Waggonfensters benutzte. Oft mußte sie sich ärgern, daß man einige Waggonfenster überhaupt nicht mehr öffnen konnte, weil die »Herren Studenten« die speckig glänzenden Lederriemen mit ihren Taschenmessern zerschnitten und die Holzgriffe an ihren Enden herausgenommen hatten. In Wirklichkeit waren die meisten von diesen sogenannten Studenten bloß freche Halbstarke. Die wenigsten standen von ihrem Sitz auf und ließen die älteren Bäuerinnen Platz nehmen, wenn sie mit ihren Rucksäcken und den Kunstledertaschen vom Jahrmarkt wieder in ihr Tal hineinfuhren. Trotzdem tat ihr dieser blasse Bub mit dem gespitzten Gesicht leid. Siegfried hörte das Rucken des Waggonfensters und spürte die frische, kalte Luft, ein wenig durchsetzt mit der typischen Eisenbahnluft, die entsteht, wenn Braunkohle durch den Schornstein der Eisenbahn in die kalte Winterluft verbrannt wird und der Zug in eine Biegung des Wambachtals einfährt. »Zu wem gehörst du denn?« fragte Anna. Im Bewußtsein ihrer situationsbedingten Überlegenheit fragte sie ihn wie manche Landbewohner kleine Kinder fragen, die sie als Besitz betrachteten, eine Reminiszenz auf die jahrhundertelange Leibeigenschaft, welche sich von Generation zu Generation, allerdings in jeweils leicht abgeschwächter Form, fortsetzte. Aber der verärgerte Gesichtsausdruck des Burschen erschreckte sie, und sie korrigierte sich sogleich, denn dieser Bursch war ja eigentlich schon kein Kind mehr, und daher war die Fragestellung in dieser Form unangebracht. »Also, wo sind S' denn zuhause. Wo müssen S' denn aussteigen, junger Herr?« verbesserte sie sich. »Ich fahre nach Ellend.« Wieder dieses Gefühl, nichts wert zu sein, nirgendwo dazuzugehören, kein Arbeiterbub zu sein, kein Juniorchef eines Unternehmers, kein Handwerkersohn, kein anständiger Mensch zu sein, keinen Wert zu haben, keine Würde, nicht einmal eine Schreibmaschine, nicht einmal das Öffnen des Eisenbahnfensters wert zu sein, ein Konkursist und Versager sein zu müssen. Und in dem Moment schon wußte Siegfried, daß er sehr dumm gewesen war und einen Fehler gemacht hatte. »In Ellend wohnen Sie? Da kenn ich mich gut aus.« Anna war neugierig geworden auf den hageren Burschen, dessen zarte Gesichtszüge mit seinem ernsthaften, dunklen Blick in seinem eigentümlichen Gegensatz standen. Ein blondes Milchgesicht mit dem Blick eines Vierzigjährigen, dachte sie. Aber jetzt sagte Siegfried nichts mehr, er betrachtete sein Gegenüber wie ein Botaniker ein Blatt mit Läusen. Von da an sagte die arme Anna Meisinger nichts mehr, und sie saßen sich eine halbe Stunde gegenüber, ohne ein Wort zu sagen. »Auf Wiedersehen.« Siegfried griff hastig nach seiner Schultasche und stand abrupt auf.

Bei der kleinen Zughaltestelle fand er die Orientierung nicht, obwohl er hundertmal den Weg nach Hause gegangen war. Es waren die gleichen Bäume, das gleiche Wartehäuschen mit den obszönen Sprüchen voller Rechtschreibfehler, das gleiche Bahngleis, der gleiche Weg, aber der Winkel hatte sich geändert. Ja, das Bild war »gesprungen«, die Winkel hatten sich von außen nach innen gebogen und die Gegenstände standen vollkommen ohne Bezug da. Etwas fehlte. Es mußte etwas Wichtiges sein, denn Siegfried fühlte sich selbst wie ein Gegenstand, ohne Zugriff, ohne Einfluß auf seine Umwelt. Vor wenigen Augenblicken noch war jedes Ding von ihm mit seiner individuellen Bedeutung gefüllt und mit Siegfrieds höchstpersönlichen Hoffnungen, Absichten und Zwecken besetzt gewesen. Jetzt hatte er die Kontrolle über seine dingliche Umgebung verloren, nicht er legte die Bedeutung der Umgebung fest, die Verhältnisse hatten sich umgekehrt. Das Umfeld definierte und beherrschte ihn. Die Wirklichkeit hatte ihre Eignung als Gestaltungsmittel seines Bewußtseins verloren. Er konnte seine Umwelt nicht mehr mit gedanklichen Inhalten füllen. Das kleine Wartehäuschen war nicht mehr geeignet, Siegfried daran zu erinnern, daß er vielleicht schon in ein paar Jahren von zuhause wegziehen und sein eigenes Leben gestalten könnte. Das Aktive, Gestaltende war Siegfried abhanden gekommen und – was alles noch viel schlimmer machte – es war auf seine Umgebung übergegangen. Jeder Mensch, jeder Gegenstand war in der Perspektive von Siegfrieds Bewußtsein um die Gestaltungsdimension reduziert worden. Siegfried stand neben dem Bahngleis und drehte sich im Kreis. Es war ihm, als wäre ein zweites Wesen neben ihm selbst in seinem Kopf entstanden. Dieses Wesen konnte kein Mensch sein, denn es fehlte ihm die Fähigkeit zum vorausschauenden Denken, es übte auf die Umgebung keine psychische Macht aus, beherrschte sie nicht, im Gegenteil, es wurde von ihr beherrscht, und weil Siegfried sich diesem Zustand nicht entziehen konnte und sich bei voller Geisteskraft seines reduzierten Bewußtseinszustandes bewußt war, quälte ihn eine panikartige, dumpfe Angst.

Auf dem großen Kastanienbaum neben der Haltestelle auf dem Weg zur Mühle war er oft herumgeklettert, hatte Kastanien mit einer langen Holzlatte heruntergeschlagen. Im Sommer war er so hoch wie möglich geklettert, hatte sich auf den Ast gesetzt, der gerade noch stark genug war, um sein Gewicht zu halten, das belebende Gefühl des Abenteuers genossen und von der Großstadt geträumt, in der er einmal wohnen würde, wenn er fähig sein würde, sein eigenes Geld zu verdienen und sein Schicksal selbst in die Hand zu nehmen. Die Veränderung, die eingetreten war, betraf nicht die äußerliche, stoffliche Dimension, denn die Struktur seiner Welt war unverändert geblieben. Verglichen mit heute früh, als Siegfried bei seinem täglichen Weg zum Bahnhof von Ellend an dem großen Kastanienbaum am Waldrand vorbeigegangen war, fehlte nichts und es war nichts hinzugefügt worden, es waren keine sichtbaren äußeren Veränderungen geschehen. Und dennoch konnte sich Siegfried seinen Kastanienbaum nicht mehr vollständig bewußtmachen, denn der nichtmaterielle Teil des Baumes war verlorengegangen. Der Kastanienbaum hatte sich zu einem bloßen, rohen Stück Materie reduziert. Aber die Veränderung betraf nicht nur den Baum. Alle Objekte, die Welt, das gesamte Universum hatten ihre geistige Dimension verloren, sie waren ihrer richtunggebenden Aura verlustig gegangen. Ein Baum ohne Erinnerungen, eine Straße ohne Hoffnung, eine Welt ohne Freude. Siegfried war »weniger« geworden, irgendetwas hatte sein Bewußtsein reduziert und es dabei auf eigenartige Weise gleichzeitig verrückt. Ja, er war verrückt geworden, seine Befindlichkeit in seiner höchstpersönlichen Welt hatte sich verschoben. Jetzt ging Siegfried an ebendiesem ehemals in seinem geistigen Besitz stehenden Kastanienbaum vorbei und hatte keinen einzigen Gedanken, nicht den geringsten Hoffnungsschimmer an seine Zukunft, weder an seine unmittelbare noch an seine weitere Entwicklung, er erinnerte sich nicht mehr an die Vergangenheit. Er lebte in der Welt der bloßen Materie, welche die Welt der bloßen, augenblicklichen Gegenwart war. Es war eine kalte Welt ohne Vertrautheit, ohne menschliche Wärme. Sein menschliches Bewußtsein, das seine Vergangenheit nicht mehr abrufen konnte, fand keine Heimat in der Zukunft mehr, weil die Projektion der Gegenwart in die Zukunft nur wieder in der Gegenwart endete. Es war Siegfried selbst, der sich verändert hatte, nicht seine Umgebung. Er hatte einen Teil seines Bewußtseins verloren, er hatte aufgehört, die Dinge des Lebens mit seiner nicht-stofflichen Energie aufzuladen. Irgend etwas hatte seine emotionale Kraftquelle abgeschaltet. Die Energie des Vorwärtsgerichteten war erloschen, Gedanken und Materie waren Todfeinde geworden. Die mitleidslose Stofflichkeit der Gegenwart hatte ihn überwältigt, weil sein Bewußtsein erkrankt und geschwächt war. Das Spektrum der gedanklichen Antizipation war auf einen kleinen, dunklen Punkt zusammengeschrumpft. In Siegfrieds Welt war es dunkel geworden.

Irgendwie, er konnte es sich nicht erklären, auf welche Weise, hatte er den Weg zur Mühle gefunden, und jetzt saß er bleich und verwirrt in seinem Zimmer. Er war aus der Bahn geworfen worden, auf den Müllplatz des Schicksals. Er wußte, es würde nie mehr wieder so sein wie vorher. Die ganze Nacht blieb er schlaflos, er schwitzte in seinem Bett wie im Hochsommer, er konnte sich nicht erklären, was mit ihm geschehen war.

## 4. DIE VERKÜNDIGUNG

Erst bei Anbruch des Morgens verließen ihn seine dunklen Gedanken für eine kurze Zeit des bewußtlosen Schlafes. Obwohl dieser Zustand der Quallosigkeit nur wenige Minuten dauerte, so mußte er sich doch in der kurzen Zeit regeneriert haben, denn beim Aufwachen stellte er mit Erleichterung fest, daß er seinen ursprünglichen Bewußtseinszustand wiedergefunden hatte. Nachdem der Zug nach Altenstätt schon weg war, war an einen Schulbesuch freilich nicht mehr zu denken. Trotzdem mußte er sich lange quälen, um den Entschluß zu fassen, einen neuerlichen Versuch zur Erlangung der Schreibmaschine zu unternehmen. Aber im Büro der Mühle, das im Erdgeschoß des Wohnhauses untergebracht war, saßen zu Siegfrieds großer Überraschung ein dicklicher, etwa vierzigjähriger Mann mit Geheimratsecken in einem grauen Anzug und eine wasserstoffblonde, sehr dünne Frau, der es gelungen war, ihr durchschnittliches Aussehen durch die Nutzung kosmetischer Mittel in einem entschieden besseren Licht erscheinen zu lassen. Siegfried war so überrascht, daß er an der Türschwelle stehen blieb. »Junger Mann, in meiner Eigenschaft als Konkursverwalter muß ich Sie darauf hinweisen, daß die Räumlichkeiten dieses Büros nicht mehr betreten werden dürfen, solange das Konkursverfahren noch nicht abgewickelt ist.« Der Konkursverwalter verzichtete auf seine namentliche Vorstellung, hob stattdessen seine Lesebrille von der Nase und legte sie mit einer affektiert langsamen, halbkreisförmigen Bewegung auf die aufgeblätterten Seiten des Hauptbuchs. »Meine Assistentin, Fräulein Magistra De Vaal«, ergänzte er mit der Betonung und Gestik eines Reitstallbesitzers bei der Präsentation seines besten Rassepferdes. Seine Assistentin strich über die Hüftfalten ihres Minirocks, räusperte sich, sagte jedoch nichts und betrachtete Siegfried wie ein seltenes Tier im Zoo. Ohne Scheu und mit einer Mischung aus starrender Neugierde und offenem Amüsement ließ sie ihren Blick in alle Richtungen laufen, solcherart seine verzweifelte Verwirrung mit echtem Interesse explorierend. »Aber ... ich brauche meine Schreibmaschine, um die Hausaufgabe machen zu können«, stammelte Siegfried verwirrt. Nachdem er jedoch nicht nur überrascht, sondern auch verzweifelt war, sprach er unsicher und drucklos, und daher wußte er irgendwann in der Mitte seiner Bemerkung, wahrscheinlich im Sekundenbruchteil, den er brauchte, um die Luft für den Nebensatz mit der Begründung einzuatmen, daß er wie ein Trottel reagiert hatte. »Nach der Konkursordnung bin ich verpflichtet, alle Gegenstände der Konkursmasse sicherzustellen, damit sie im Interesse des Gläubigerschutzes einer wirtschaftlichen Verwertung zugeführt werden können. In der Zwischenzeit sind alle Massegegenstände einer Nutzung nicht zugänglich, da ein Gebrauch der Gegenstände, insbesondere wenn es sich um Sachwerte des Umlaufvermögens handelt, einen zwingenden Abschreibungsbedarf durch Wertverlust und damit eine Verringerung der Konkursmasse nach sich ziehen würde.« Der Masseverwalter griff zu seiner Lesebrille und setzte sie wieder auf seinen Nasenrücken. »Das heißt, Sie dürfen Ihre Schreibmaschine nicht mehr benutzen«, interpretierte die Assistentin lässig, öffnete ihr Handtäschchen, entnahm einen kleinen Spiegel und den Lippenstift und akzentuierte mit outrierter Konzentriertheit ihre Lippenkonturen, die Wichtigkeit und Absolutheit ihrer Tätigkeit durch vollkommene Hingabe an den stummen, liebevollen Dialog mit ihrem Taschenspiegel unterstreichend. »Verstehen Sie doch«, flüsterte Siegfried, »morgen früh muß ich die Hausübung in Maschinschreiben abgeben, im ganzen Ort gibt es keine Schreibmaschine, außer dieser hier ...« »Es tut mir wirklich leid, junger Mann, aber ich kann und darf keine Ausnahme machen. Ich nehme an, Du bist der Juniorchef, sofern man das jetzt noch sagen kann ...«

Dr. Selnitzky war Wirtschaftsanwalt und Steuerberater. Natürlich fiel es ihm nicht schwer, die Sprach- und Wehrlosigkeit Siegfrieds auszunutzen. Unmittelbar nach Abschluß seines Jus-Studiums war Selnitzky Rechtspraktikant im Landesgericht gewesen, und dort hatte er gelernt, wie man mit Unterschichtleuten und Proleten verkehrt: seine demonstrative Geringschätzung signalisierte er mit dem Übergang zur Du-Anrede. Das einseitige »Du« in Verbindung mit dem Gebrauch der juristischen Fachsprache, »duzieren und dozieren«, wie er seine Vorgangsweise zynisch bezeichnete, betrachtete er als legalen rhetorischen Gewaltakt der Intellektuellen gegen Unterprivilegierte und Kleinkriminelle. Selnitzky hielt diese Taktik auch gegen jugendliche Bankrotteure für durchaus adäquat. Gegen sprachliche Gewaltausübung half nur die Methode der zynischen Polemik, aber dieses Mittel würde dieser Halbwüchsige sicherlich noch nicht einsetzen können, dachte Selnitzky.

Aber oft, wenn Siegfried in seinem Stolz getroffen wurde, weil er seine Ehre angegriffen sah, reagierte er mit Mut und Konsequenz. Er hatte hinterher oft darüber nachgedacht, warum das so war, ja es verblüffte ihn sogar selbst, denn niemand hatte ihm seinen ganz persönlichen, mittelalterlichen Ehrenkodex vermittelt. Aber vielleicht war es tatsächlich der Lektüre der Prinz-Ehrenherz-Heftchen zuzuschreiben, daß Siegfried seine innere Sicherheit wiederfand. »Als Juniorchef müßte ich nach dem Handelsrecht im Handelsregister eingetragen sein. Ich denke, das müßte Ihnen bekannt sein, nachdem Sie so viel über die Konkursordnung wissen. Weiters ist zur Ausübung eines Gewerbes die Volljährigkeit erforderlich. Mit 13 Jahren bin ich noch weit davon entfernt, diese Voraussetzung zu erfüllen. Leider. Wäre ich ein sogenannter Erwachsener, so würde ich mich wehren dürfen. Mit den Geschäften meines Vaters habe ich nichts zu tun. Aber ich denke, wir sind uns vorher noch nicht begegnet, oder? Leider haben Sie sich nicht vorgestellt, und so kann ich Sie nicht einmal in unserem Haus begrüßen.« Selnitzky reagierte zunächst mit einer Mischung aus Überraschung und Verärgerung, aber dann fand er die Reaktion »dieses Rotzbuben« durchaus stimulierend. Anscheinend hatte er hier doch noch einen einigermaßen brauchbaren Gegenspieler gefunden, sodaß er hoffen konnte, die Konkursabwicklung würde weniger langweilig werden, als das üblicherweise der Fall war. Der Vater dieses Burschen hier, dieser Hubert Kadenbach, war ein Tölpel, ein Idiot, der seinen Betrieb in den Bankrott geführt hatte, mit acht Klassen Volksschule konnte der nicht einmal eine Bilanz lesen, geschweige denn verstehen, wie das Rechnungswesen eines Betriebes funktioniert. Das Unternehmen hatte nur so lange existieren können, als dieser Parvenü seine Lieferanten, allesamt Bauern, versteht sich ja von selbst, an der Nase herumführen konnte. Aber dann hatte dieser Trottel sich wegen einer Grundstücksangelegenheit ausgerechnet mit dem Bürgermeister von Altenstätt angelegt und das hat ihm natürlich nicht gut bekommen. Und dieser junge Lümmel da, der wollte auch noch frech sein. »Anscheinend ist dir der Ernst der Situation noch nicht bewußt. Der Konkurs umfaßt sämtliche Gegenstände des Anlagevermögens und des Umlaufvermögens, wenn du verstehst, was ich meine, junger Mann.« Der Rechtsanwalt genoß es sichtlich, in seiner amtlich bescheinigten Funktion als Konkursverwalter über das Vermögen anderer zu bestimmen, ohne das wirtschaftliche Risiko dafür tragen zu müssen, »sämtliche, also alle Vermögensteile«, wiederholte er feierlich, »gehören nicht mehr deinem Vater. Das Haus, die Grundstücke deines Herrn Vater, der Schmuck der Frau Mama, die Akten im Büro, inklusive der Schreibmaschine, inklusive dem Papier, kurzum alles, was hier oder anderswo im Besitz der Firma oder deiner Eltern war, gehört jetzt den Gläubigern. Nachdem es sich bei der Firma Hubert Kadenbach um eine Personengesellschaft handelt, bei der auch das Privatvermögen der Familie in unbegrenzter Höhe für die Schulden der Firma haftet, gehört auch das Fernsehgerät in die Konkursmasse. Deine alten Hausschlapfen darfst du behalten. Verstehst du mich? Ich mache dich darauf aufmerksam, daß eine Entnahme von Gegenständen der Konkursmasse strafrechtlich verfolgt wird, du bist dann vorbestraft, so wie es vermutlich dein Herr Papa sein wird, wenn das Gericht zur Erkenntnis kommt, daß er sich der vorsätzlichen oder grob fahrlässigen Krida, also der Schädigung seiner Gläubiger aus eigennützigen Motiven schuldig gemacht hat. Dein Vater schuldet seinen Kreditgebern immerhin zwei Millionen Schilling. Sag deinem Vater, er soll ja nicht auf dumme Ideen kommen, etwa in der Nacht in die Fabrik einzusteigen und sich ein paar Maschinen unter den Nagel zu reißen. Déjà vu! So dumm ist das Gericht auch nicht, daß wir nicht längst eine detaillierte Inventarliste angefertigt hätten. Wenn nur der Verdacht besteht, daß ein Sack Nägel fehlt, lasse ich euch den Strom abdrehen. Ich denke, wir haben uns verstanden.«

Oft hatte Siegfried schon schlimme Alpträume erlebt, manche hatten mehrere Sekunden gedauert, eine Ewigkeit in Anbetracht der Umstände. Aber dieser Alptraum war real und er dauerte länger. Im Augenblick der tiefen Demütigung reagiert der Körper heftig, der Verstand hektisch, aber die Zunge wie gelähmt. Siegfried prüfte in einem Sekundenbruchteil alle denkbaren Antworten. Am Ende einer halben Sekunde wußte er aber, daß es keine gab. Plötzlich griff Siegfried in seine rechte Hosentasche, machte zwei kurze Schritte, hielt dem schreckensstarren Rechtsanwalt die geballte Faust vor das Gesicht, öffnete sie langsam und nahm dann mit der anderen Hand, Daumen und Zeigefinger wie eine Pinzette benutzend, etwas aus der geöffneten Handfläche. Es war ein Zehnschilling-Stück. Er warf es in die leere Kaffeetasse des Anwalts. Ping, dann klirrte die Münze sanft rotierend. »Das ist alles, was ich noch habe«, sagte Siegfried. »Ich spende es Ihrer Konkursmasse, aus meinem Privatvermögen.« Ehe Selnitzky noch reagieren konnte, drehte Siegfried sich um und verließ das Büro.

## 5. STIEGENSCHRUBBEN

Die Geschichte, die Barbara ihren Eltern aufgetischt hatte, war zur Hälfte erfunden. Der erste Teil der Geschichte stimmte, ja, sie war schwanger. Was allerdings nicht stimmte, war: Hubert Kadenbach hatte ihr nicht versprochen, sich von seiner Frau scheiden zu lassen, und natürlich hatte er ihr keinen Heiratsantrag gemacht. Es war einfach passiert, so wie es hatte kommen müssen. Schon bei ihrem Dienstantritt hatte er sie begafft wie das siebente Weltwunder, erinnerte sich Barbara. Die Eltern hatten sie hergerichtet wie die Jungfrau Maria. Diese war ihr Vorbild, ihre Vorstellung vom Leben. Brav sein, fleißig arbeiten, idealerweise nicht für sich selbst, sondern für die anderen, die Herren Mühlenbesitzer, die Gutsherrn, die edlen Herren, hoch zu Roß, mit ihren Jagdflinten, Hunden, dem überlegenen Grinsen, den grauen Schläfen, die landgräflichen Pluderhosen voller väterlicher Güte, die lässige Pfeife locker im Mundwinkel, die tiefe Baritonstimme wohltuend um ihre kohlrabenschwarzen Schneewittchenhaare kreisend.

Nicht einmal brauchbare Wäsche hatte sie gehabt, als sie bei Kadenbach begonnen hatte, bloß die alte hellbraune Kombinege aus dem Versandhauskatalog, viel zu weit, knöchellange baumwollene Unterröcke, die dick auftrugen, keine Schminke, war alles verpönt, im kleinen, ungeheizten Zimmer neben der Speisekammer hatte sie wohnen müssen, aber im Dienst in Ellend ging es ihr viel besser. Keine gemarterten Christusfiguren am Kreuz, die überall herumhingen. Die Hausherren waren komische Leute, die mit dem lieben Gott nicht viel im Sinn hatten, Hubert Kadenbach war sogar aus der Kirche ausgetreten. Nur der Bursche kam ihr vor wie einer dieser spindeldürren Intellektuellen, der würde vielleicht Pfarrer oder gar Bischof werden. Barbara war im Haus der Kadenbachs mit allen Sinnen spürbar, und das war vom ersten Tag an so gewesen, und ihre spürbare Körperlichkeit hatte sich noch verstärkt. Überall im ganzen Haus atmete man Barbara, in der Wäschekammer lagen ihre Büstenhalter, in der ständig überheizten Küche mußte man dauernd schwitzen, sogar im ärmellosen Kittel. Abend für Abend stieg sie hinauf in ihre Kammer in der stickigen Dachkammer. Um auf die Toilette zu kommen, mußte sie nächtens über die knarrende Holztreppe ins Untergeschoß steigen, im Nachthemd, barfuß, fröstelnd, die Haare hochgebunden. Manchmal, beim Schrubben der Holztreppen, wenn sie sich neben ihrem Eimer mit dem heißen Wasser auf die Stufen kniete, die steifborstige, grobe Reißbürste in den Eimer mit dem schaumigen Putzmittel tauchte und jede Stufe mit beiden Armen abrieb, verwirrten sie ihre Gedanken. Stufe für Stufe rutschte sie von oben nach unten, immer der gleiche, rhythmische Ablauf. Hinknien, eintauchen, schrubben, eine Stufe tiefer rutschen, hinknien, schrubben, eine schwere Arbeit, anstrengend, schweißtreibend, das Blut stieg ihr in den Kopf, der Puls ging hoch, man mußte keuchen, man mußte die Knie und die Oberschenkel fest aufsetzen und den Rücken durchdrücken, man verlor sonst den Halt und rutschte die Treppe hinunter, oder man konnte nicht genug Druck ausüben, und die fasrige Holztreppe wurde nicht sauber. Herr Kadenbach, ihr Chef, schaute sie »so« an, wenn er langsam die Treppe hochstieg, und sie ließ ihn vorbeigehen, während sie weiterschrubbte, sie hob nur leicht ihren Kopf und aus ihrem offenen Mund keuchte sie nur »Grüß Gott, Herr Chef« und ihr Gesicht hatte rote Flecken, der Kittel war naß geworden und ihre hüftlangen schwarzen Zöpfe waren völlig in Unordnung und dabei mußte sie an die heilige Muttergottes in der Kirche denken, denn sie war weiß Gott ein anständiges Mädchen.

Manchmal lag sie in der Dachkammer in ihren Träumen, fest eingewickelt in die grobe Wolldecke, das Leintuch war ihr verrutscht und der Körper scheuerte auf der blanken Matratze. Am Morgen das Frühstück kochen für den Hausherrn, er war der erste, der morgens aus den Federn kroch. Er trank drei Tassen schwarzen Kaffee, ohne Zucker, ohne Milch, dann mußte sie ihm Schinken mit Speck servieren, er aß mit dem Appetit eines hungrigen Braunbären. Im Gegensatz zu seinem merkwürdigen Prokuristen, dem arroganten Städter – der glaubte natürlich, er sei was Besseres, weil er Buchhaltung beherrschte und englisch, französisch und italienisch konnte – fitzelte der Chef nicht mit dem Messer herum, um die Fettstücke aus der Wurst zu schneiden.

Die Chefin gefiel sich in der Rolle der Wohltäterin. »Barbara, komm her, bist ein braves Mädchen, laß dir einen Armreif schenken.« »Aber Chefin, das kann ich doch nicht annehmen, das ist ja viel zu teuer.« Immer die gleichförmigen, heuchlerischen Rituale, nein wirklich, das kann ich nicht annehmen, Sie sind so gut, liebe Frau Chefin, Sie sehen heute wieder phantastisch aus. »Nein, ich bestehe darauf, du mußt das annehmen, es paßt für so ein junges, hübsches Mädchen wie dich, gerade richtig. Weißt du was da dazu passen würde? Probier doch mal meine weiße Bluse, die steht dir sehr gut, ein bißchen wenig Busen hast noch, aber das kommt noch, fesch, richtig fesch wirst du noch werden.« »Danke, Frau Chefin, vielen Dank, bitte geben Sie nicht soviel Geld aus für mich.« »Dein Freund wird schauen, wie gut dir das paßt, oder hast du noch keinen? Am Wochenende ist Jägerball, willst hingehen? Ich helf dir ein bißchen beim Schminken.« Vielleicht hatte sie sich eigentlich eine Tochter gewünscht, die Frau Kadenbach. Oder eine Kammerzofe. Wahrscheinlich hatte Frau Kadenbach sich beides gewünscht, eine Kombination von Tochter und Zofe. Wie praktisch, wenn man so ein Dienstmädel hat. Ja, Barbara war die ideale Synthese aus Dienstmädchen, Tochter und Kammerzofe. Und Barbara spielte stets mit. Vielleicht war die Frau Charlotte Kadenbach von Fall zu Fall etwas zu sprunghaft in ihren Stimmungen, oft nervös, etwas überfordert von der anstrengenden Büroarbeit. Nicht weniger als 57 Bombenangriffe hatte sie durchgemacht in Altenstätt, im Krieg. Zweimal war sie verschüttet gewesen. Ihr Vater war auf mysteriöse Weise im Frühjahr 1945 verschwunden, in einen Eisenbahnwaggon war er gestiegen, zur letzten Mobilmachung. Kein Wunder, daß Charlotte Kadenbach durch das, was sie hatte »mitmachen« müssen, etwas hysterisch geworden war. »Barbara, die Holztreppen sind schon wieder ganz dreckig!« Die Arbeiter hatten alles schmutzig gemacht, wieder einmal mußte Barbara am einem Tag die Stiege ein zweites Mal mit heißem Wasser abschrubben. »Barbara ich bin heute so häßlich! Komm her und hilf mir beim Anziehen, Barbara!« Sie klopfte an die Schlafzimmertür. »Chefin, soll ich rein kommen?« »Herein! Barbara, sag mir ehrlich, aber wirklich ehrlich, paßt mir der neue Unterrock? Weißt du was, wir fahren am Wochenende nach Altenstätt, trinken eine Tasse Kaffee und essen eine Mehlspeis dazu im Kaffeehaus am Hauptplatz, weißt du, gleich neben der Pestsäule, kennst du das Kaffeehaus? Und weißt, was wir dann machen? Wir kaufen uns ein paar hübsche Sachen zum Anziehen, ich kauf was Schönes für uns beide. Und wir machen uns einen schönen Tag.« »Chefin, gern fahr ich mit, der Unterrock paßt Ihnen wirklich gut, aber ehrlich.« Einen Hintern hat sie – wie ein Postroß, dachte Barbara.

Dem g'studierten Prokuristen entgleisten regelmäßig die Gesichtszüge, wenn er die Frau seines Chefs erblickte. Kriegt ganz verliebte Augen, spricht nach der Schreibe. »Fräulein Barbara, würden Sie mir bitte eine Tasse schwarzen Tee ins Büro herunterbringen. Aber bitte nicht zu lang ziehen lassen, sonst geht das Aroma verloren.« »Jawohl, Herr Diplomkaufmann, kommt sofort in zehn Minuten.« Arroganter Fatzke, dachte sie, schaut sich jede halbe Stunde in den Spiegel und schmiert sich seine James Dean-Löckchen mit Pomadefett ein. Spielt Klaviersonaten, liest Goethe, weiß alles besser, hält den Chef für einen Trottel, spitzt auf die Chefin, näselt Schönbrunnerdeutsch, wohnt am Wochenende in der Stadt, schläft von Montag bis Freitag im Gasthaus in Ellend, der Herr Diplomkaufmann, immer noch die Attraktion der Eingeborenen, fährt einen englischen Sportwagen, dessen Namen im ganzen Ort keiner richtig aussprechen kann. Und dann der Juniorchef. Zaundürr, vom Typ »sensibles Bürschchen«, sie hatte sich schon immer mehr um den Sohn gekümmert als die Mutter. Vor ein paar Wochen noch hatte sie ihn mit dem Waschlappen gewaschen, in einem Holzbottich in der Küche, jeden Abend, aber zuletzt hatte er plötzlich begonnen, ihr insgeheim Liebesbriefe auf den Nachttisch zu legen.

Die Jahre vergingen wirklich wie im Flug, und sie war auch nicht gerade häßlicher geworden, hatte sich mit der Zeit »ausgewachsen«. In dem Maß, wie die Chefin diese Veränderungen ignorierte, in dem Maß bemerkte es der Herr Chef. Es passierte immer öfter, nicht nur beim Stiegenputzen, daß er sie anschaute, von oben bis unten, und sie zog eine Farbe auf, rot bis in die Haarspitzen war sie jedesmal geworden, obwohl sie sofort wieder an die

Muttergottes gedacht hatte. Rein zufällig, unbeabsichtigt ist es dann geschehen, sie erinnert sich noch heute an jede Einzelheit. War ehrlich nicht ihre Absicht, aber dann war eben etwas passiert, woran sie völlig unschuldig war, an einem Sommertag vor zwei Jahren. Der Herr Baron Kammerheim lud den Mühlenbesitzer Kadenbach und Gemahlin zu einem Wochenende mit Treibjagd ein. Große Aufregung im Hause Kadenbach, alles rannte kreuz und quer herum, die Chefin wurde natürlich wieder hysterisch, wie immer, wenn sie sich überfordert fühlt oder wenn ihr das Glück zu viel Gutes will. »Ja, selbstverständlich, Herr von Kammerheim, wir freuen uns sehr, vielen Dank, ja wir kommen«, und dann – in einer plötzlichen Anwandlung von Übermut und Koketterie stellte die Chefin eine sehr törichte Frage: »Darf ich Barbara, unser Dienstmädchen, mitnehmen? Sie ist wie meine Tochter und eine große Hilfe für mich.« Die gnädige Frau Kadenbach gab sich großzügig, wollte aber in Wahrheit nur Eindruck schinden, dem Herrn Baron signalisieren, daß man sich schließlich auch Bedienstete leisten könne, als Neureiche. »Aber selbstverständlich, liebe Frau, das ist ja sehr löblich und höchst interessant, ja da freue ich mich ja schon sehr, küß die Hand«, und so nahm das Unvermeidliche seinen Lauf. Einen Tag vor dem Fest erlitt Frau Kadenbach plötzlich eine Gallenkolik, deren Schmerzhaftigkeit sie theatralisch vorführte. »Meine Frau kann nicht fahren, also fährt Barbara alleine mit, wir wollen schließlich den Herrn Baron nicht gänzlich verärgern«, sagte Hubert Kadenbach. Dieser Schuft, dachte sie, schon ahnend, was er beabsichtigte. Glaubt er, sie hatte nicht bemerkt, daß ihm beim Stiegenputzen die Augen aus dem Kopf fielen? Ein römisch-katholisches Mädchen vom Land spürt die Unkeuschheit in jeder Faser ihres Körpers.

Bei der Treibjagd blieben alle Beteiligten zunächst noch im Rahmen, die Hasen und Fasane suchten ihr Heil in der Flucht, aber schließlich kam das von den Herren Jägern erhoffte Blutbad doch noch zustande. Am Ende blieben 112 Hasen und 88 Fasane sowie einiges andere Getier auf der Strecke, die Herren Jäger waren sehr befriedigt, sie erwiesen einander die Referenz, zogen voreinander den Hut und priesen ihre Heldentaten, die einen auf dem Weg ins nahegelegene Gasthaus, die anderen in kleineren Gruppen zum Gutshof zurückgehend und am Ende der letzteren natürlich Hubert und Barbara. Sie war zuerst entsetzt und wollte schreien, und sie fand es empörend, daß er sich so gar nicht bemühte, er war ziemlich direkt gewesen, von Romantik keine Spur, sie wollte schreien, aber er ließ sie nicht, griff sie unvermittelt von der Seite, während des Gehens, zog sie zu sich heran und küßte sie auf dem zum Schrei geöffneten Mund, auf eine skandalöse Art. Sie wehrte sich, soviel sie konnte, zumal sie sich sein Werben ganz anders, jedenfalls viel zärtlicher vorgestellt hatte. Sie riß sich los, und lief weg, die anderen waren bereits außer Sichtweite, er holte sie aber ein und küßte sie ein zweitesmal, und diesmal ließ sie es geschehen, weil sie verliebt war. Das Abendessen im Gutshof wird sie nie vergessen. Sie war aufgeregt bis in die Zehenspitzen, sie befusselten einander das ganze fünfgängige Abendessen hindurch, ohne Schuhe, versteht sich. Obwohl sie schon Mühe hatte, das richtige Besteck für den jeweiligen Durchgang herauszufinden, aber gottlob fand sie die richtige Taktik, indem sie die anderen beobachtete und die diversen Eßwerkzeuge in der gleichen Reihenfolge wie die Gäste verwendete. Hubert nutzte diese Verunsicherung aus, indem er ihr bei der Begrüßungsansprache des Barons – »... wollen wir einen Toast ausbringen auf unser edles Weidwerk«

– ohne viel Umschweife unter den Rock griff und dort ziemlich lange mit seinen viel zu großen Händen herumfingerte. Sie fühlte, wie sie rot bis in die Oberschenkel wurde, es war ihr, als hätte man ihr mit jedem Rotweinglas, an dem sie nippte, ihr eigenes Blut eingeflößt. Für die Hitze ihrer Organe unter dem engen Wollkleidchen aus dem Versandhauskatalog genierte sie sich. Sie aber rührte sich nicht, zitterte an allen Körperteilen. Bestimmt konnte jeder sehen, daß sie rote Bäckchen bekam.

Ich würde ihn zappeln lassen, dachte sie, er soll vor der Tür scharren wie seine blöden Hirsche. Unter keinen Umständen würde sie zulassen, daß dieser alte Kerl Schande über sie bringen würde. Sie war wütend und innerlich aufgewühlt, denn sie hatte sich in Hubert verliebt. Er mußte es gewußt haben, denn er hatte sich nicht einmal die Mühe gemacht, an die Tür ihres Gästezimmers zu klopfen. Er kam einfach herein, und sie hatte vergessen, die Tür abzusperren. »Gehen Sie aus meinem Zimmer, Chef, sonst schreie ich«, flüsterte sie, aber anstatt zu gehen, kniete er mit einer Rose an ihrer Bettkante. »Ich liebe dich, Barbara. Du bist das schönste Mädchen, das ich je gesehen habe.« »Die Liebe schlägt den Takt des Universums«, hatte der Baron beim Abendessen in lässiger Ironie in seine Tischrede eingestreut. Als »einfaches Mädchen«, hatte sie erst an diesem Abend verstanden, was damit gemeint war.

Später, zurück in Ellend, kam Hubert dann oft zu ihr auf die Dachkammer, und sie liebten sich, praktisch jede Nacht. Auch nicht das regelmäßige Spülen mit dem Irrigator, den sie sich in Altenstätt besorgt hatte, konnte verhindern, daß sie schwanger wurde.

## 6. DER DIPLOMKAUFMANN

Dr. Selnitzky hatte sich sein erstes Amtswalten nun denn doch etwas anders vorgestellt. Insgeheim ärgerte es ihn, daß ihn dieser blaßgesichtige, grüne Lümmel in Gegenwart seiner Assistentin bloßgestellt hatte. Erica De Vaal hatte ihr Jusstudium gerade erst abgeschlossen und arbeitete seit ein paar Wochen als Rechtspraktikantin in seiner Sozietät. Ihr Vater war einer der bekanntesten Wirtschaftskapitäne der internationalen Stahlindustrie, sie verfügte über erstklassige Manieren und über die seltene Gabe der spielerischen, naturgegebenen Arroganz. Sie hatte eine hervorragende Erziehung genossen. Lässig inszenierte sie ihre Zugehörigkeit zu einer kleinen gesellschaftlichen Elite, »welche die Buchstaben der bürgerlichen und staatlichen Autorität in selbstverständlicher Weise auf die Rechtsunterworfenen transformierte«, wie es ihr Selnitzky erklärt hatte, »...um das Schicksal des produktiven Plebs durch die Kunst der Rechtsinterpretation zu determinieren.« In einem sündteuren Internat in der Schweiz hatte sie nicht nur drei Fremdsprachen gelernt, sondern sich auch gleichsam als Nebenprodukt eine brillante Rhetorik und ein hervorragendes, selbstbewußtes Auftreten erworben, sodaß sie nun ihren weiblichen Intellekt und Charme effektvoll zur Geltung bringen konnte. »Wo, zum Teufel, ist dieser Buchhalter, wie hieß er doch gleich, Frau Kollegin?« brummte Selnitzky ärgerlich. Soll ich mir jetzt auch noch die Namen dieser Tölpel merken, dachte Selnitzky. Es ist empörend, daß heutzutage jeder Analphabet ein Gewerbe ausüben kann, es ist skandalös, daß sich immer wieder Bürger finden, die diesen Parvenüs Geld leihen, damit sie dann mit geborgtem Geld bankrott machen. Und damit nicht genug, kommen sie einem auch noch

rotzfrech und unverschämt. »Härtling, Diplomkaufmann Härtling heißt diese Person«, gurrte die Magistra mit ihrer kultivierten Stimme. »Er ist irgendwo in der Fabrik unterwegs, ich vermute, daß er jeden Augenblick ins Büro zurückkehrt. Er managt mit der Frau des Inhabers die Buchhaltung und das Rechnungswesen. Soll ich in der Zwischenzeit versuchen, Frau Kadenbach zu erreichen?«
»Nein, warten wir, bis der Buchhalter zurückkommt. Mit der Frau des ehemaligen Besitzers können wir nachher reden. Im übrigen glaube ich nicht, daß die auch nur die leiseste Ahnung von dem hat, was hier passiert ist«, lächelte Selnitzky. »Sie haben recht, Herr Doktor, anscheinend hat ihr der Buchhalter lediglich ein paar Buchungssätze eingetrichtert. Von Betriebswirtschaft dürfte sie keinen blassen Dunst gehabt haben, sonst hätte sie gewußt, daß der Betrieb mit einer relativ simplen Umschuldungsaktion noch zu retten gewesen wäre.«

Härtling war nicht gerade begeistert gewesen, als er von Selnitzky zu einem Lokalaugenschein in den Betrieb gebeten wurde, den er zwar mitgeholfen hatte, zu ruinieren, den er aber in den letzten sechs Monaten seit seiner Kündigung nicht mehr betreten hatte. Den Weg durch die Fabrik, den er ging, hatte er in den vergangenen Jahren mehr als tausendmal beschritten, heute aber war es, so hoffte er, das letzte Mal gewesen. »Darf ich Sie was fragen, Herr Direktor?« Die stämmige Arbeiterin mit dem durchdringenden Schweißgeruch und dem achselnassen Arbeitskittel kam zögernd näher. »Werden wir jetzt alle unsere Arbeit verlier'n? 'Tschuldigen Sie bitte, daß ich Sie frage. Aber man sagt, daß der Chef in Konkurs geht. Wahrscheinlich wird hier zugesperrt, und wir miass'n alle geh'n. Sagen Sie, Herr Dokta, hab i recht?« Kriecherisches Gesindel, ärgerte sich Härtling. Was bezweckte dieses

Volk mit der absichtlich falschen Anrede. Wollten die sich etwa über ihn lustig machen? Nie hatte er behauptet, ein Doktorat zu besitzen. Allmählich müßten diese schwitzenden Eiweißklumpen das doch wissen. Klar: Es war sicher wie das Amen im Gebet, daß bei einem Konkurs alle ihre Arbeit verlieren würden. Aber das würde erst der Anfang sein. Schon in ein paar Tagen würden sie draufkommen, daß ihnen nur ein Teil ihres Gehalts ausbezahlt wird, Urlaubsgeld und Weihnachtsremuneration können sie sich auf jeden Fall abschminken. Und dann würde der Wirbel erst so richtig losgehen. Gut, daß er rechtzeitig, schon vor sechs Monaten, einvernehmlich gekündigt hatte. Selnitzky würde ihn nicht für den Konkurs verantwortlich machen können, im Gegenteil, er würde ihn dringend brauchen. Ohne sein Wissen, seine Informationen wäre Selnitzky aufgeschmissen. Gerade noch mit einem blauen Auge davongekommen, dachte Härtling. Charlotte Kadenbach war eine großzügige Frau, sie hatte ihren Ehemann überredet, einer einvernehmlichen Lösung seines Vertrags zuzustimmen. Und Kadenbach, der Bauernkapitalist, der das österreichische Arbeitsrecht als »Hirngespinst der Kommunisten« abtat und sich deshalb immer geweigert hatte, die Rechtsfolgen der einschlägigen Gesetze zu beschäftigen, hatte nicht mitbekommen, daß er Härtling durch seine Zustimmung zu einer saftigen Abfertigung verholfen hatte. Dieser Esel hat ja eine solche Klassefrau gar nicht verdient, dachte Härtling. »Herr Dokta, entschuldigen Sie ...«, – diese Frau ist derartig penetrant! – »Aber gute Frau, machen Sie sich keine Sorgen, es wird alles in Ordnung gehen.« Die Arbeiterin zögerte kurz. »Brauch ich mir also keine Sorgen machen!« stieß sie dann erleichtert hervor. Kadenbach nickte und lächelte freundlich. «Herr Dokta, i dank' Ihnen ganz herzlich für die Auskunft« – endlich vertrollte sich dieser Trampel, grinste Härtling erleichtert und atmete tief durch.

Morgen früh würde er zurück in die Stadt fahren, die Koffer standen schon gepackt im Wirtshaus. Natürlich war es unabwendbar, daß er noch einige Male hierher kommen werden müsse, sozusagen außer Dienst, als Konsulent für den Masseverwalter, aber bis dahin würden die Arbeiter schon gekündigt sein, so etwas geht schnell. Selbstverständlich würde der Rechtsanwalt ein paar Fragen haben. Er war wirklich froh, daß er immer alles hundertprozentig korrekt und professionell abgewickelt hatte. Die Buchhaltung und das gesamte Rechnungswesen waren in tadellosem Zustand, das war er seinem Ruf schuldig. Charlotte Kadenbach ... Man muß sich das einmal vorstellen! Ihr sauberer Ehemann betrog sie – in ihrem eigenen Haus – mit ihrer Bediensteten, sie aber hielt ihrem Hubert, diesem Bauern, eisern die Treue, spielte mit Härtling Katz und Maus, ließ sich zu einem Abendessen in die City einladen, mit Kerzenlicht, ein paar guten Gläschen Château Mouton Rothschild, einem Haufen Domestiken und einem ausgefuchsten Ober, der schon vorher anständig geschmiert worden war. Alles vom Besten, er hatte alle Register gezogen. Aber obwohl sie schwerst beeindruckt gewesen war, ließ sie ihn dann trozdem wie einen verliebten Tanzschüler vor dem Hotelzimmer stehen. An diesem Abend in der Stadt hatte sie ihn fast verrückt gemacht, beinahe hätte man ihn entmündigen müssen, so wahnsinnig begehrt hatte er sie. Er mußte immerzu an Charlotte und an den Abend in Wien denken. An den Geruch ihrer dicken, goldblonden Haare, als er ihr vor der Garderobe aus dem Mantel geholfen hatte, an ihre blaugrauen, schimmernden Augen, die ihn über das Rotweinglas hinweg, von dem ein zäher Flüssigkeitstropfen an der lippenstiftfettigen Außenwand des Glases ablief nachdem sie einen Schluck getrunken hatte, aus den Augenwinkeln mit spöttischer Grausamkeit sekundenlang fixierten, bis er sich wie ein dummer Kerl abwenden mußte voller Scham, weil sie seine geheimsten Gedanken wieder einmal, wie so oft, durchschaut hatte. Er durchtastete mit kurzen, häufigen Blicken die Konturen ihrer hellblauen Bluse und ihres dünnstoffigen, straffgespannten Rockes. Die ganze Zeit saß sie mit aneinandergepreßten Beinen, die Füße angewinkelt, um den Druck der ungewohnten Stiefel zu mildern. Als sie aufstand, um ihren erotischen Wirkungsgrad im Spiegel der Toilette nachzuprüfen und ihren Lippenstift nachzuziehen, versetzten die Stöckelschuhe ihren Körper bei jedem Schritt in zarte Vibration, und die ganze, perfekte Komposition wiegte sich im Takt ihrer Bleistiftabsätze. All sein Sinne richteten sich auf sie. Sie dominierte all seine Empfindungen. Es war wie ein Zwang, es war unvermeidlich. Er mußte sich vorstellen, wie sich die Nylons an den Innenseiten ihrer Oberschenkel aneinander rieben, er beschäftigte sich stundenlang mit dem Lösen von dunklen Rätseln, all diese Phantasien hatten mit den intimsten Teilen ihres Körpers zu tun, den er so sehr begehrte, er inhalierte ihr Parfum und ihren ausgestoßenen Atem, soweit dies unauffällig möglich war, und stellte schamlose Überlegungen an, für die er sich schämte, aber die Scham, die er empfand, hob seine Phantasie in jene Bereiche, die ihm aufgrund ihrer schockierenden Dunkelheit ins Animalische abgeglitten waren, welche ihm aber in der Nacht zuflogen, wenn er in seinem Zimmer wach lag, zunächst ungewollt und später immer weniger unfreiwillig, bisweilen sogar selbst initiiert und immer öfter in variierender Ausformung, sodaß es ihn bisweilen schon beunruhigte.

Es war schon merkwürdig, daß er jetzt so sentimental war. Vor sechs Jahren, als er hierher gekommen war in dieses jämmerliche Kaff, war er mit seiner beruflichen Existenz am Ende gewesen, aber der Job bei Kadenbach hatte ihn gerettet. Vierundzwanzig Jahre, fast ein Vierteljahrhundert, hatte Härtling seine Privilegien als Einkaufsleiter und oberster Chef des Rechnungswesens bei einer der größten Brauereien im Land verwaltet. Seine Reputation war ausgezeichnet, er war in der Firma geachtet, bei den Lieferanten aber gefürchtet. Als Einkäufer von Material, Maschinen und ganzen Produktionsanlagen war er mächtiger als der Brauereibesitzer gewesen. Genau 113 Weihnachtskarten und ebenso viele Pakete hatte er einmal gezählt: »... dürfen wir Ihnen auf diesem Wege, sehr geehrter Herr Direktor Härtling, unserer tiefen Verbundenheit durch ein bescheidenes Weihnachtsgeschenk Ausdruck verleihen, in der Hoffnung, auch in Zukunft zu den Stammlieferanten Ihres allseits geschätzten Hauses zählen zu dürfen. Mit dem Ausdruck vorzüglicher Hochachtung verbleibe ich Ihr sehr ergebener ...« Die Sache mit den Geschenken wurde Jahr für Jahr schlimmer, sodaß sie ihm allmählich selbst unheimlich wurde. Als Einzelprokurist verfügte er über die alleinige Dispositionsgewalt über sämtliche Bestellungen im Haus. »Richtig begonnen« hatte es erst mit einer Geschäftsreise nach London. Er hatte sein Flugticket über das Reisebüro eingekauft, wie immer mit seiner privaten Kreditkarte bezahlt und dann die Reiseabrechnung für die Firma gelegt. Penibel, exakt, übergenau. Die von ihm ausgelegten Reisekosten, einschließlich der Kosten für das Flugtickett, wurden von der Brauerei, wie üblich, innerhalb von ein paar Tagen auf sein Konto überwiesen. Doch nach drei Wochen hatte er noch immer ein Guthaben auf dem Spesenkonto, denn die

Rechnung des Reisebüros war noch nicht eingetroffen. Was macht ein anständiger junger Mann, wenn einmal eine Rechnung, auf die er wartet, um sie zu bezahlen, nicht kommt? Er ruft beim Reisebüro an und reklamiert seine eigene Verbindlichkeit. »Sie haben mir das Flugticket nach London noch nicht verrechnet. Da muß ein Irrtum in ihrer Buchhaltung passiert sein. Ich warte schon seit Wochen auf ihre Rechnung, damit ich sie zahlen kann, schließlich habe ich sie ja schon meiner Firma in Rechnung gestellt.« Was geht in so einem Menschen vor, der so blöd ist? Günther Härtling, der reine Tor. Ein »guter Kerl«. Am anderen Ende der Leitung gespieltes Entsetzen: »Ja vielen Dank. Ich werde gleich nachsehen ...« Fünf Minuten Stille, dann kommt sie zurück ans Telefon. »Von uns aus ist die Rechnung sofort weitergeschickt worden an die Fluglinie. Kann sein, daß sie dann, irgendwo dazwischen, verlorengegangen ist. So was kommt leider vor. Wir sind ein großes Reisebüro und wickeln viele Arrangements ab, die meisten für Großunternehmen wie für Ihre Firma. Ich hoffe, Sie sind mit unserem Service zufrieden und unsere Geschäftsbeziehung entwickelt sich dennoch positiv.« Hatte sie jetzt »dennoch« oder »deshalb« gesagt? Klar, sie hatte »dennoch« gesagt, aber »deshalb« gemeint. Damit, so könnte man meinen, war die Angelegenheit auch schon erledigt. Nicht jedoch für ihn, den jungen Härtling. Heute noch spürt er die peinliche Berührtheit eines ertappten Narren, wenn er daran denkt, was er damals getan hatte. Denn er hatte damals – es erschien ihm heute unglaublich dumm – nach weiteren zwei Wochen neuerlich angerufen und die Rechnung urgiert. »Entschuldigen Sie, aber das Geld ist immer noch nicht abgebucht, obwohl die Firma mir den Betrag schon auf mein Privatkonto gutgeschrieben hat.« Man stelle sich das einmal vor: Gibt es sowas? Kann und soll man sich dafür entschuldigen, daß man daran gehindert wird, seine Rechnung zu zahlen? Entschuldigen Sie bitte die fehlende Entschuldung, hätte er sagen können, wenn er an der Nicht-Entschuldung Schuld gehabt hätte. Aber das war ja nicht der Fall. Gerne hätte er sich entschuldigend entschuldet, aber man ließ ihn nicht, deshalb mußte er sich dafür entschuldigen, daß man seine Entschuldung nicht zuließ. Lange Atempause am Telefon, schließlich eine männliche Stimme: »Herr Direktor Härtling wollen mir bitte nicht ungehalten sein, aber die Recherche nach dem fehlenden Verrechnungsbeleg mußte aus Kostengründen eingestellt werden. Ich empfehle mich. Bleiben Sie uns dennoch (da war es wieder, dieses »dennoch...«) verbunden. Auf Wiederhören.« Jetzt hatte er verstanden. So hatte also sein finanzieller Aufstieg begonnen. Zwanzig Jahre lang hatte er nichts anderes getan, als sich auf einem schmalen Grat zwischen den Abgründen der kindlichen Unschuld und der offenkundigen Korrumpierbarkeit entlangzutasten, sich dabei gleichzeitig den gewundenen Pfad des sozialen Aufstiegs emporarbeitend. Auf diese Weise hatte er es in zwei Jahrzehnten geschafft, es zu – »bescheidenem« – Wohlstand zu bringen. Er hatte sich ein Grundstück und ein Haus gekauft, nebst einer Eigentumswohnung in einer der besten Gegenden der Stadt und einer Sammlung von 238 Bierkrügen, so wie es sich für den stellvertretenden Generaldirektor einer Brauerei gehört. Während der ganzen zwei Jahrzehnte hatte er sich nie in plumper Weise bestechen lassen, sondern war stets dem eleganten Prinzip der Flugticket-Methode treu geblieben. Nie lag die Verantwortung für den »Irrtum« bei ihm, immer vergaßen andere, die Rechnung zu schicken. Und so verfügte Härtling über den seligen Schatz der bürgerlichen Redlichkeit, der ihm Nacht für Nacht zum tiefen Schlaf eines redlichen Bürgers verhalf, was sich hervorragend auf seinen ausgezeichneten Gesundheitszustand auswirkte.

Eines Tages war er dahintergekommen, daß die zig Millionen Flaschen, in die sie das übrigens wirklich ausgezeichnete Bier füllten, in Osteuropa wesentlich billiger zu beschaffen waren als im Inland. Sie waren zwar qualitativ etwas schlechter als Bierflaschen, die im Westen hergestellt wurden, und gingen leichter zu Bruch, aber die Kosteneinsparung für die Firma würde dennoch gewaltig sein. Denn der Einkaufspreis einer tschechischen Bierflasche betrug nur knapp zwei Drittel des Flascheneinsatzes, sodaß die Brauerei an jeder Mehrwegflasche, die nicht mehr in die Fabrik zur Neubefüllung zurückkam, noch ein zweites Mal verdiente. Härtling präsentierte seine Idee den Eigentümern der Brauerei. Noch heute kann er sich erinnern, wie begeistert die gewesen waren. Nun hatte aber die tschechische Glasfabrik nicht genügend Liquidität, um die Rohstoffe für eine so große Menge von Flaschen zu beschaffen, es mußte also eine Bank die Finanzierung der Transaktion übernehmen. Er sprach daher mit der Hausbank, diese gründete kurzerhand eine Handelsfirma in Vaduz (auch eine Bank muß schließlich Steuer sparen), und schon lief die Sache wie geschmiert. Er bestellte die Flaschen bei der Handelsfirma in Liechenstein, diese garantierte dem osteuropäischen Hersteller die Finanzierung, dafür durfte sie die Flaschen zu einem Preis einkaufen, der um fünfundzwanzig Prozent niedriger war als jener, den sie an die Brauerei weiterverrechnete. Härtling war bereit zu schwören, daß er nie auch nur einen einzigen Schweizer Franken von diesen fünfundzwanzig Prozent gesehen hatte, das Geld diente ausschließlich dazu, die Finanzierungsrisken der Hausbank abzudecken. Als er sich dann sein Haus gekauft hatte, zeigte sich die Bank unerwartet großzügig. Nicht daß die Bank ihm etwas geschenkt hätte, eher geht ein Bankdirektor durch ein Nadelöhr, als daß er etwas verschenkt. Aber ohne daß er es gewollt hatte, bekam Härtling einen äußerst großzügigen Kreditrahmen, mit dem er im ersten Augenblick gar nichts anzufangen wußte. Auf Empfehlung der Bank verwendete Härtling den Kreditrahmen für den Ankauf von Wertpapieren. Die Bank hatte dann vergessen, für den Kredit Zinsen zu verrechnen. Und es ist denen in der Bank auch hartnäckig nicht aufgefallen. Also hatte Härtling den Kreditrahmen voll ausgeschöpft und geborgtes, zinsenloses Geld in Wertpapieren angelegt. Natürlich hatte er nicht eine x-beliebige Aktie gekauft, wozu gibt es denn Wertpapierberatung von der Bank? Und Härtling ist nie enttäuscht worden. Gleich in den ersten zwei Monaten stieg der Kurs der Aktien um 55 Prozent, und er kassierte eine halbe Million ab, ohne einen Finger krumm zu machen. Damals mußte er sich an seine erste Erfahrung mit dem Reisebüro erinnern.

Schon nach kurzer Zeit begann er sich an das Phänomen der vergessenen Privatrechnungen so zu gewöhnen, daß er richtig ungehalten sein konnte, wenn versehentlich welche eintrafen. Vor allem neue Lieferanten hatten anfänglich eine wahre Sucht, Rechnungen für private Dienstleistungen oder Lieferungen zu schicken, eine Verhaltensstörung, die sich jedoch in den meisten Fällen nach kurzer Zeit von selbst erledigte. Bis es dann, vor ein paar Jahren – er bereitete sich gerade auf sein Firmenjubiläum vor – zu einer schicksalhaften Panne kam. Irgendein Querulant in der tschechischen Glasfabrik, vielleicht war es so ein Idealist, wie er es zu Beginn seiner Karriere gewesen war, gab dem Lkw-Fahrer irrtümlich die Frachtpapiere für jene Handelsfirma in Liechtenstein mit, die aus einem schlichten Briefkasten bestand, und irgendeinen anderen Narren in der Buchhaltung der Brauerei (er erinnerte sich, daß er zu Beginn seiner Karriere ähnlich dumm gewesen war) störte es, daß die Bierflaschen auf dem Weg von der Tschechoslowakei über Liechtenstein nach Österreich um ein Viertel teurer geworden waren. Innerhalb von fünf Minuten war er seinen Job los und die Jubiläumsfeier anläßlich seiner Firmenzugehörigkeit mußte entfallen. Die Leute in der Brauerei, die ihn wegen einer solchen Kleinigkeit gefeuert hatten, waren kleinkarierte Menschen, die nichts von Finanzierung verstehen, dachte Härtling. Der Betriebsrat schickte ihm dann die Urkunde zu Weihnachten mit der Post nach. Fünf Monate lang versuchte er dann vergeblich eine neue Anstellung zu finden. Bis er dann, über Vermittlung eines alten Freundes, Hubert Kadenbach in einem Wirtshaus irgendwo draußen in der Provinz getroffen hatte. Eigentlich war er für Härtling die Rettung, denn nach der Bierflaschen-Affäre hätte er nie mehr eine Anstellung gefunden. Härtling sagte Kadenbach schon zu, da hatten sie noch kein Wort über die Gage gesprochen, aber Hubert Kadenbach war nicht mißtrauisch geworden. »Wissen Sie, Herr Kadenbach, ich brauche eine neue, berufliche Herausforderung.« Selbst wenn sein Arbeitsort Djibouti gewesen wäre, er hätte in der damaligen Situation auch nicht nein gesagt, dachte Härtling.

Und jetzt steckte er – wiederum völlig unverschuldet, so wie nach der wunderbaren Wertvermehrung der Bierflaschen – mitten in einem Konkurs. Er würde höllisch aufpassen müssen, um aus der Angelegenheit unbeschadet wieder herauszukommen. Härtling stürmte nervös durch die Tür des Büros, die Absätze seiner handgemachten Schuhe hämmerten hektisch auf den glatten Parkettboden. »Genagelte Schuhe trägt er, dieser Gartenzwerg«, dachte Selnitzky. »Herr Doktor Selnitzky, nehme ich an«, säuselte Härtling süffisant, »ich habe schon viel von ihnen gehört und bin erfreut, sie hier zu treffen, obwohl wenig Anlaß zur Freude besteht.« Zielstrebig eilte er auf die attraktive Assistentin des Konkursverwalters zu, um ihr einen Handkuß aufzunötigen.

# 7. STILLE RESERVEN

Eine ernsthafte Unterredung unter Fachleuten des gleichen Metiers verläuft im allgemeinen sachlich und zielgerichtet, und so war denn auch die Befragung Härtlings durch Selnitzky und Fräulein De Vaal lediglich von kurzer Dauer. Härtling war erstaunt über die Leichtigkeit, mit der es ihm gelang, die beiden Konkursverwalter zu überzeugen, daß seine Tätigkeit in der Firma Kadenbach auf verwaltende und ausführende Arbeiten beschränkt gewesen war. Seine Behauptung, daß er auf den Geschäftsverlauf des Unternehmens überhaupt keinen Einfluß gehabt habe, wurde ohne weiteres Nachfragen akzeptiert. Selnitzky konzentrierte die Befragung des Prokuristen vielmehr ausschließlich darauf, eventuelle Vermögenswerte, die in der Bilanz unterbewertet waren, aber im Unternehmen vorhanden waren, aufzuspüren. Derartige Reserven wurden im Fachchinesisch der Unternehmensberater »stille« Reserven genannt. Mit Fortdauer der Befragung glaubte der Prokurist in dem Ausdruck »stille Reserven« eine neue Bedeutung zu erkennen, die den Charakter eines stillen Gegengeschäfts hatte: Je kooperativer Härtling sich bei der Auffindung der stillen Reserven verhielt, desto größer würde der Mantel des Schweigens sein, den Selnitzky über die wenig heldenhafte Rolle breiten würde, die er, Härtling, beim Kadenbach-Konkurs gespielt hatte. Selnitzky war fest entschlossen, hinsichtlich der Höhe der Konkursquote, die ja auch ein Ausdruck seiner Leistung als Masseverwalter war, einen neuen Rekord aufzustellen. Selnitzkys Strategie war klar: Die Gläubiger würden zunächst von den niedrigen Schätzwerten geschockt sein. Die Banken, Arbeitnehmer und Lieferanten würden empört sein über die scheinbare Hoffnungslosigkeit des Konkursverfahrens. Selnitzky würde den Gläubigern zuerst eine Konkursquote von zwanzig Prozent der jeweiligen Forderungen vorschlagen, was nichts anderes bedeuten würde, als daß die Gläubiger vier Fünftel ihres Geldes verlieren würden. Energische Proteste, am meisten würden sich natürlich die Banken und die Gewerkschaften aufregen, würden folgen. Für die Schlagzeilen in den Medien, insbesondere in den Lokalzeitungen, würde er selbst sorgen, denn er hatte exzellente Kontakte. Aber dann würde er, Dr. Matthias Selnitzky, auftreten wie der Deus ex machina. Vor seinem geistigen Auge sah er sich bereits auf den Titelseiten der Altenstätter Lokalblätter. »Neues im Kadenbach-Konkurs. Dr. Selnitzky verspricht: Wir werden retten, was noch zu retten ist.« Die PR-Wirkung für sein Anwaltsbüro würde unbezahlbar sein, zumal ja Rechtsanwälte und Wirtschaftstreuhänder aufgrund ihrer Standespflichten nicht direkt werben durften. Als Freiberufler lebt man ja vom Renommee, und dazu braucht man die Öffentlichkeit, dachte Selnitzky. Dann, nach dem großen Wirbel, würde Selnitzky die aufgebrachten Kreditgeber beruhigen und ihnen versprechen, »alles in meiner Macht Stehende« zu tun, um die Konkursquote zu erhöhen und solcherart den Schaden für die ahnungslosen Gläubiger zu reduzieren. Er sah sich schon als Star einer eigens einberufenen Pressekonferenz: »Als Masseverwalter und Wirtschaftstreuhänder fühle ich mich den Kreditgebern, Arbeitern und Angestellten verpflichtet, die in gutgläubiger Weise der Familie Kadenbach vertraut haben, indem sie ihre finanziellen Mittel, ihre Ersparnisse und ihre produktive Arbeitskraft zur Verfügung gestellt haben«, würde er den Medien und der staunenden Öffentlichkeit verkünden. Dann würde er die stillen Reserven in den Vermögensteilen dadurch aktivieren, daß er die Vermögenswerte zu Preisen veräußerte, die weit über den Buchwerten gelegen waren. Nach seinen überschlagsmäßigen Berechnungen würde er die Konkursquote nachträglich auf beinahe neunzig Prozent bringen. Die Gläubiger würden also fast ihr gesamtes Geld zurückbekommen. Die Magistra hatte recht: Der Konkurs wäre vermeidbar gewesen, aber jetzt war es zu spät. Dieses Unschuldslamm von einem Buchhalter hier wußte genau, wo die stillen Reserven verborgen waren. Er würde ihn brauchen, und der Buchhalter würde ihn brauchen – die perfekte Symbiose. Am Ende würde der Konkurs noch ein Geschäft werden, von dem sie alle profitieren würden. Alle, bis auf die Kadenbachs natürlich, denn Kadenbach und seine Familie waren ruiniert, und zwar bis ans Lebensende. Dazu kam die gerichtliche Untersuchung wegen vorsätzlichen Betrugs oder zumindest fahrlässiger Krida, welche obligatorisch war in solchen Fällen, die Öffentlichkeit will schließlich »Gerechtigkeit«. Tausende kleine Dummköpfe, die es aus eigener Unfähigkeit nie zu etwas gebracht hatten, würden sich endlich einmal freuen können, daß einer, den sie schon immer beneidet hatten, in aller Öffentlichkeit hingerichtet wird, dachte Selnitzky.

Gottlob hatte dieser Buchhalter gleich von Anfang an begriffen, was er von ihm wollte. Sag mir, wo die Bewertungsreserven sind, und ich stelle dich nicht an den Pranger. Der Mann war ein gewitzter Bursche, denn er hatte bei Frau Kadenbach eine einvernehmliche Lösung seines Vertrages erwirkt, die so formuliert war, daß der Eindruck entstehen mußte, als hätte Kadenbach den armen Buchhalter hinausgeschmissen. Vermutlich weil sich der Angestellte geweigert hatte, die Bücher zu manipulieren? Ob Kadenbach, der Idiot, überhaupt wußte, was ihm das »Entgegenkommen« seiner Frau kosten würde? Härtling hatte durch die Umwandlung seiner Kündigung in eine einvernehmliche auf legale Weise Abfertigungsansprüche in Millionenhöhe erworben, und Selnitzky war durch die Konkursverordnung verpflichtet, diese Ansprüche in der Bilanz auszuweisen. Auf diese Weise waren sich alle drei, Selnitzky, seine Assistentin und der Prokurist, sehr rasch einig geworden, ohne daß eine explizite Absprache überhaupt erforderlich gewesen war.

In seltener Eintracht stiegen die drei die Holzstufen zu den Wohnräumen der Kadenbachs hinauf. Der Zustand des Hauses war erstklassig. Der Wert, mit dem es in den Büchern stand, belief sich auf etwa zehntausend Schilling. Aber Selnitzky wußte: Der Schätzwert des Hauses lag bei mindestens eineinhalb Millionen. Wenn er für den Verkauf genügend Zeit hatte, würde er das Haus um mehr als das Doppelte des Schätzwertes verkaufen können. Kadenbach saß auf einem Holzschemel in der Küche neben dem Fenster, er kehrte den Besuchern den Rücken zu und war gerade dabei, eine fast leere Doppelliterflasche mit Weißwein zum Mund zu führen. Im Aschenbecher, der auf dem Boden stand, lagen die zerdrückten Reste von etwa einem Dutzend Zigaretten. Selnitzky war schockiert, das Fräulein De Vaal fasziniert und der Diplomkaufmann Härtling klopfte an die offenstehende Küchentür und krächzte mit rauher, nervöser Stimme: »Herr Kadenbach, die Herrschaften vom Gericht möchten mit Ihnen sprechen.« Hubert Kadenbach drehte sich taumelnd in Richtung der Eintretenden, sagte jedoch kein Wort. »Tag, Chef ...«, stammelte Härtling, dem das Entsetzen über den Anblick seines ehemaligen Brötchengebers in Versalien im Gesicht stand.

Kadenbach sah furchterregend aus. Er hatte seit dem Konkursantrag der Sozialversicherung nicht nur kaum geschlafen, sondern auch im Hinblick auf Körperpflege und Rasur vollständigen Verzicht geleistet. Seine Abstinenz im Hinblick auf die Hygiene hatte er jedoch nicht auf den Alkoholkonsum übertragen, es war nicht der erste Doppler, den Hubert seitdem geleert hatte. »Gnädige Frau, meine Herren, willkommen in Ihrem Haus«, lallte Hubert. »Meiner Seel' …, wenn ich gewußt hätte, daß sie mir heute einen Besuch abstatten, hätte ich mein Sonntagsgewand angelegt. Der Champagner ist mir leider schon ausgegangen. Wollen Gnädigste bitte Platz nehmen, der Herr Dr. Sedelmayr ebenfalls, und du kennst ja eh den Hausbrauch, Härtling. Setz dich halt irgendwo hin, nimm dir ein paar Radeln Schinkenwurst. Aber heute mußt du dir die Fettaugen selber mit der Nagelschere ausschneiden. So ändern sich die Zeiten, gell.« »Mein Name ist Selnitzky, Dr. Selnitzky«, antwortete der Rechtsanwalt kühl. »Anscheinend sind Sie heute nicht in der richtigen Verfassung für eine sinnvolle Unterredung, Herr Kadenbach. Was wir Ihnen mitzuteilen haben, ist bitterer Ernst und bietet keinen Anlaß für derbe Scherzchen. Sollen wir besser morgen wiederkommen, wenn Sie hoffentlich wieder nüchtern sind?«

Hubert stellte die Doppelliterflasche auf den Boden, stand auf, erstaunlicherweise ohne dabei zu wanken, nahm sein kariertes Sakko von dem an der Innenseite der Eingangstür aufgeklebten Plastikhaken, ging mit ein paar Schritten in die Mitte des Raumes, wo er breitbeinig, aber kerzengerade, mit durchgedrückten Knien und hochaufgerichtet, wie ein Delinquent vor der Hinrichtung, stehen blieb und murmelte: »In Ordnung. Ich bin bereit. Aber sprechen Sie laut und deutlich, damit ich alles richtig verstehe. Vergessen Sie nicht, unter uns bin ich der einzige, der nicht studiert hat. Dafür habe ich schon mit acht Jahren am Bauernhof arbeiten dürfen, nachdem mein Vater an Typhus gestorben war. Ich habe die Volksschule sub auspicis praesidentis absolviert, leider habe ich den Hauptschulabschluß erst nachholen dürfen, als ich schon einundzwanzig war. Eine Karriere auf der Universität ist mir verwehrt geblieben, wie Sie sehen. Ich kann Ihnen gar nicht sagen, was peinlicher ist, das Ablegen der Hauptschulprüfung mit einundzwanzig Jahren oder das Bankrottieren mit vierundvierzig. Aber diese Frage brauchen Sie mir nicht zu beantworten, Doktores.« »In beiden Disziplinen haben wir wenig Erfahrung«, sagte Selnitzky, »aber ich danke Ihnen, Sie haben uns gleich aufs Thema gebracht. Wie ich Sie einschätze, legen Sie nicht viel Wert auf poetische Einleitungen. Sie wissen, daß über das Vermögen Ihrer Firma und über Ihr Privatvermögen als alleinhaftender Einzelunternehmer der Konkurs eröffnet wurde.« Hubert Kadenbach holte umständlich eine Zigarette aus der Jackentasche, entzündete sie mit einem Phosphorzündholz am Absatz seines Schuhs, wobei er beinahe das Gleichgewicht verlor, und murmelte: »Worauf Sie einen lassen können.« Er warf einen alkoholstarren Blick auf das Fräulein De Vaal und fügte dann bedauernd hinzu: »Die gnädige Frau Doktor möge entschuldigen.« Diese begann hektisch an ihrem Rock zu streichen und sah demonstrativ aus dem Fenster, Härtling grinste breit, Selnitzky würgte tapfer an einem Wutanfall. »Machen wir's kurz: Nächste Woche bekommen Sie eine Vorladung zum Gericht, dort leisten Sie dann ihren Offenbarungseid. Sämtliche Vermögensteile, Wertgegenstände, etcetera etcetera, mit Ausnahme Ihrer persönlichen Bekleidung und den Nahrungsmitteln, die Sie für Ihren Bedarf benötigen, gehören zur Konkursmasse und dürfen ohne meine ausdrückliche Erlaubnis oder die Erlaubnis des Gerichts weder veräußert noch verwendet werden. Die Weinflasche hier können Sie von mir aus behalten. Das Haus und das Auto wird versteigert. Sie können bis zur Versteigerung, die in etwa drei Wochen stattfinden wird, hier wohnen bleiben. Geben Sie mir bitte die Autoschlüssel. Ich danke für Ihre Gastfreundschaft. Wenn Sie noch Fragen haben, können Sie mich während der Bürozeiten in meiner Kanzlei anrufen. Die Tatsache, daß die Post den Hausanschluß Ihres Telefons gesperrt hat, berechtigt Sie nicht, den Telefonanschluß im Büro zu verwenden. Wenn Sie schon unbedingt telefonieren müssen, dann benützen Sie eine öffentliche Fernsprechzelle oder gehen Sie zum Postamt. Wir müssen sparen. Ich wünsche einen guten Abend.« Selnitzky stand auf, nickte Hubert kurz zu, ohne ihm die Hand zu geben, drehte sich würdevoll um und schritt durch die Tür hinaus, das Fräulein De Vaal folgte ihrem Chef in perfekter Synchronisation. Aus einem plötzlichen Impuls heraus, dessen Hintergründe nicht einmal ihm selbst einsichtig geworden waren, versuchte Härtling im Abgang seinem Ex-Chef die Hand zu geben, was jedoch mißlang, da dieser unvermittelt, offenbar aus einem Instinkt für falsche Gefühle, einen reflexhaften Schritt zur Seite tat, solcherart die Berührung in brüsker Weise unterlaufend. Härtling drehte sich darauf beleidigt um und stürmte im Eiltempo aus dem Raum, es war ihm jetzt sichtlich nicht mehr wohl in seiner Haut.

## 8. SONNTAGSGEWAND

Sonntagmorgen. Jeder, der so wie Siegfried am Land aufgewachsen ist, weiß, daß der Sonntag kein gewöhnlicher Tag ist, sondern – in krassem Gegensatz zu den Sonntagen in der Stadt, die sich kaum von den Samstagen unterscheiden – ein Tag, an dem das zu geschehen hat, was vorgeschrieben war. Und es gab – weiß Gott – an einem Sonntag viele Vorschriften. Zunächst hatte man an einem Sonntag das Sonntagsgewand anzulegen: Die ländliche Tugend der Wochentage, die Bescheidenheit, war an diesem Tag ins Gegenteil verkehrt. Der Sonntag war jener Tag, an dem man all das demonstrativ zur Schau stellte, was man den Rest der Woche in harter Arbeit erworben hatte. Der Sonntag war der Tag des sublimierten Statuskampfes, bei dem die Balzkleidung angelegt wurde. An einem Sonntag holte man die schöne Jacke aus dem Schrank, die man zu Weihnachten unter der unerbittlichen Auflage bekommen hatte, sie nur am Sonntag zu tragen. Sogar am Weihnachtstag war sie nur kurz probiert worden, sie mußte wieder ausgezogen werden, denn sie war für den Sonntag bestimmt.

Bei Kadenbachs wurde jeden Sonntag das Radio eingeschaltet, um die populärste Sendung des Landes zu hören. »Was gibt es Neues, das euch erfreue, bei dieser singenden, klingenden Sonntagsplauderei«, ertönte die Kennmelodie, jeden Sonntag pünktlich um neun Uhr vormittags wurde Radio gehört, unvermeidlich, unausweichlich, es mußte sein, es gab keinen Pardon. Ausgerechnet am Morgen, in der explosivsten Stunde dieses gottgeweihten, gottverdammten Sonntags, in einer Zeit, wo der Aggressionspegel ein Maximum erreicht hatte, wo jeder Landbewohner schon beim Aufwachen gequält wurde durch die bloße Tatsache, daß heute der zwanghafte Sonntag war, wurde das Gehirn durch Operettengesang, Mundartgedichte und seichte Witzchen gefoltert. »Griaß eich die Madeln, servas die Buam!« Die Sonntagmorgensendung war eine zwanghafte Fassade aufgesetzter, unechter Fröhlichkeit, welche die rigide Lebensform der kleinbürgerlichen Zwanghaftigkeit und Fremdbestimmtheit perfekt widerspiegelte. Seichte Witzchen ließen das Übermaß an aufgestauter Aggression über das Ventil des inszenierten Gelächters stoßweise entweichen, und am Ende stand die Drohung, unablässig Woche für Woche wieder zu senden: »Auf dieser Welle von Österreich kommen wir wieder, am nächsten Sonntag, ich bin so frei. Tam-tam-tam-dei!« Nichts zu machen, kein Entrinnen möglich. Dem Sonntag konnte man nicht entrinnen. Der Sonntag, der Tag des Müssens, der Tag der wiederkehrenden Qual, der Tag des Rituals. Am siebenten Tage aber ruhte Gott, und die Menschen mußten ihm huldigen. Auch der liebe Gott braucht was zu lachen, und offenbar verfügte Er über einen skurrilen Humor, dachte Siegfried. Hubert mußte sich rasieren an diesem Tag, und Charlotte Kadenbach mußte sich die Haare waschen. Aber im ganzen Haus gab es kein Badezimmer, nicht einmal ein Waschbecken. Hubert hielt Badezimmer für überflüssig (man braucht sie ja viel zu wenig, eh nur am Sonntag), und schließlich war er als Bergbauernbub im umfassenden Universum der Bauernküche aufgewachsen, »wer nicht verweichlicht ist, braucht kein Badezimmer. Wenn einer unbedingt duschen will, kann er ja in der Garage mit dem Schlauch duschen.« Und so kam es, daß im Haus der Kadenbachs Betten, Vasen, Kästen und Tische herumstanden, die im besten Jugendstil gefertigt worden waren (Hubert hatte die Möbel im Winter 1938 aus »arisierten« Beständen spottbillig aufgekauft), während es im ganzen Haus keine Waschgelegenheit gab, nicht einmal eine Dusche. Und so spielte sich mit unerbittlicher Folgerichtigkeit jeden Sonntag vor dem schmiedeeisernen Wasserhahn in der Küche das gleiche vorprogrammierte Drama ab, als wäre es ein rituelles Opfer, das man der Dorfgemeinschaft darbringen mußte, ein Tribut an die Gemeinde, im Namen des lieben Gottes, untermalt von den Operettenarien für die »lieben Gäste unserer heutigen Sendung«. Erster Akt: Die Tür öffnet sich, zu den Klängen des Liedchens »Das Schneeflockerl und das Rußflankerl« erscheint Hubert, übernächtigt, den Restalkohol seines sauren Welschrieslings vom Vorabend noch in den Adern, schwarzweiße Bartstoppeln im Gesicht, in der linken seine aufklappbare Rasierklinge und den Rasierpinsel, in der rechten einen kleinen rechteckigen Spiegel aus billigem, teilweise schon blindem Fensterglas, in einer blauen Plastikumrahmung. Zweiter Akt: Die sonntäglichen Kult-Gegenstände werden in das bassenaartige Waschbecken in der Küche neben der Tür zum Speiskammerl abgelegt und der Spiegel mithilfe eines Drahtbügels am gekrümmten Wasserhahn aufgehängt. Er hatte die Form eines kleinen Schiffs-Steuerrads, mit vier Speichen zum Auf- und Zudrehen. Für einen zweiten Wasserhahn bestand keine Veranlassung, da Warmwasser nicht vorhanden war. Die Wasserzufuhr erfolgte durch eine Pumpe, die im Keller des zweigeschoßigen Hauses installiert war und die – ließ man den Hahn längere Zeit aufgedreht – nach einer Zeitspanne von fünfeinhalb Minuten, welche genau voraussagbar war, mit einem Geräusch ansprang, welches sich wie ein jaulendes Alphorn anhörte, was in Verbindung mit der outrierten Operettenmusik aus dem stoffbespannten UKW-Empfänger ein einzigartiges akustisches Ambiente entstehen ließ. »Mei Muatterl war a Weanerin«, tönte es aus dem Radio, und die musikalische Wasserpumpe, es schien Siegfried, daß sie jeden Tag variantenreicher wurde, jaulte im konvulsivischen Takt der Stromstöße zu den Klängen des Operettenlieds. Nach dem, was in den letzten Tagen passiert war, war es natürlich kein Wunder, daß gerade heute die Stimmung besonders gespannt war. »Siegfried, geh hol mir meine Schlapfen«, stieß Hubert ungemütlich zwischen den Zähnen hervor, während Charlotte aufgeregt hin- und herlief, um das Frühstück aus dem Speiskammerl zu holen, dabei jedoch Mühe hatte, an Hubert vorbeizukommen, denn dieser war gerade dabei, mit sichtbarem Widerwillen, unter akrobatischen Verrenkungen in den Spiegel glotzend, sich bei offenem Wasserhahn und laufender Wasserpumpe zu rasieren. Natürlich wollte er dabei vermeiden, sich bei dieser Prozedur größere Wunden zuzufügen. Siegfried apportierte wie befohlen die Hausschuhe (eine Verweigerung hätte die vorzeitige Eskalation der Katastrophe zur Folge gehabt) und plazierte sie fußgerecht neben Hubert Kadenbachs Stammplatz. Charlotte, die nicht mehr gewohnt war, die Hausarbeit zu machen (Barbara war seit ihrer triumphalen Ankündigung, daß sie vom Chef schwanger war, nicht mehr in Diensten), bereits wieder nervös, sodaß ihr mitten in einer Arie der Deckel der Holzkiste auf den Daumennagel fiel. Die Sirene der Mühle heulte, wie jeden Tag um halb zehn, wenn die Pause zu Ende ging, und so verbreitete sie auch an diesem Sonntag ihren ohrenbetäubenden Lärm. Der Mesner in der frisch renovierten, erst kürzlich in feierlicher Weise vom Herrn Erzbischof eingeweihten Ortskirche läutete die Glocken zum Gottesdienst, was Siegfried einen Vorwand gab, auf sein Frühstück zu verzichten und sich auf den Weg zur Kirche zu machen.

Wie üblich hatten sich einige Dorfbewohner vor der Kirche zu einem kleinen Schwätzchen aufgestellt. Sie verstummten augenblicklich, als Siegfried die Stufen hochstieg und alle beobachteten ihn, wobei Form und Intensität der Anteilnahme, die sie ihm angedeihen ließen, je nach Temperament unterschiedlich ausfiel. Einige starrten ihm offen mitten ins Gesicht, glotzten ungeniert, so als wäre er ein Fernsehapparat, bemüht, jede, auch die kleinste Gemütsregung zu registrieren, um nur ja nicht irgend etwas Interessantes zu versäumen, während die anderen sich lauernd im Hintergrund hielten und nur von Fall zu Fall herüberblickten, um die Höhepunkte des Programms nicht zu verpassen. Siegfried war ein dreidimensionales Unterhaltungsprogramm geworden, ein Dorfmedium. Der Bankrott des größten Arbeitgebers im Ort, der Zusammenbruch einer geachteten Familie, bildete eine spannende Geschichte in Fortsetzungen, an der man aktiv teilhaben und solcherart seine Freude haben konnte. Und Siegfried war der unfreiwillige Hauptdarsteller. Direkt neben dem Stiegenaufgang stand Traude. Sie war etwa zwei Jahre älter als Siegfried, und daher als Mädchen naturgemäß schon in der nächsten Lebensphase und kaum mehr von den Herausforderungen der Pubertät geplagt. Mit fünfzehn dachte sie insgeheim bereits ans Heiraten. Mädchen in diesem Alter suchten sich oft schon eine gute Partie aus, während die Burschen noch intensiv damit beschäftigt waren, sich ein Moped zu kaufen, ihre Position im Wirtshaus einzunehmen, in die erste Mannschaft des örtlichen Fußballvereins aufgenommen zu werden, ihre Nützlichkeit für das Dorf durch die Aufnahme in die freiwillige Feuerwehr zu beweisen, im Pfusch ihr Haus zu bauen, das aller Wahrscheinlichkeit nach, nie wirklich fertig werden würde. Traude war ein zierliches, blasses

Mädchen mit langen schwarzen Haaren. Sie stand unschlüssig und scheinbar unmotiviert vor dem Tor der Dorfkirche und betrachtete ein koloriertes Heiligenbildchen, das sie als Belohnung für ihren Beichtgang vom Pfarrer geschenkt bekommen hatte. »Hallo Traude«, sagte Siegfried, lächelte traurig und blieb am Ende des Stiegenaufgangs stehen. Vor zwei Wochen hatte er sich ein Herz gefaßt und sie ins Dorfgasthaus auf ein Cola eingeladen. Zu seiner Überraschung hatte sie die Einladung angenommen. Um ihm das Ausmaß der Gnade zu verdeutlichen, die sie ihm erwiesen hatte, gestand sie ihm, daß sie noch nie zuvor mit einem Burschen in ein Gasthaus gegangen war. Nur mit Siegfried war sie mitgegangen, mit sonst niemandem. Waltraud war eine der Stützen des Kirchenchors, im Dorfchargon auch »die Orgelweiber« genannt. Sie war immer adrett gekleidet, Siegfried war vernarrt in ihre langen schwarzen Haare und in ihr hübsches, rundliches Madonnengesicht, welches aber etwas ausdrucksschwach war. Aber dieser einzige, kleine Mangel blieb Siegfried, der alle seine Idealvorstellungen von der Weiblichkeit in Waltrauds ausdrucksloser Schönheit wiederzufinden glaubte, hinter der bedingungslosen Verklärung, welche dem Objekt seiner schwärmerischen Liebe zuteil wurde, verborgen. Regelmäßig, jeden Sonntag erschien sie zum Gottesdienst, sie galt als die Unschuld in Person, bald hatte sie den Spitznamen »die Heilige« erworben, worauf sie sichtlich stolz war, aber am meisten von allen war Siegfried von Waltrauds bigotter Schamhaftigkeit fasziniert. Siegfried war in Liebesfragen ein Purist, er glaubte also an die Liebe, keinen Augenblick zweifelte er daran, daß es die Liebe war, welche die heilige Waltraud dazu gebracht hatte, mit ihm ein Cola im Gasthaus zu trinken. Dieses Privileg hatte Waltraud zuvor noch niemandem gewährt und mit Recht konnte Siegfried daher annehmen, dadurch einen nicht unbedeutenden Vorsprung gegenüber seinen zahlreichen Mitbewerbern errungen zu haben.

Aber seit man im Ort wußte, daß der Pleitegeier über den Kadenbachs nicht nur kreiste, sondern auch schon gelandet war, war nichts mehr so wie vorher. Natürlich hätte das Siegfried wissen müssen, er hätte damit rechnen müssen, aber Siegfried hatte bislang zu wenig Gelegenheit gehabt, um sein Unglück voll begreifen zu können. Der heiligen Waltraud war es so offensichtlich peinlich, mit Siegfried ins Bildprogramm der Sonntagsmesse zu kommen, daß sie beide nur völlig verdattert und regungslos nebeneinander standen. Sie brachte kein Wort heraus, sie verstand nicht, warum Siegfried jetzt, in dieser Situation in aller Öffentlichkeit mit ihr sprechen mußte. Hier vor allen Leuten mußte dieses wandelnde Gerippe den Eindruck erwecken, als hätten sie etwas miteinander, nur weil sie vielleicht einmal mit ihm im Gasthaus gewesen war. Der gute Ruf ist für ein Mädchen im Dorf das wertvollste Kapital, das du hegen und pflegen mußt, wenigstens bis du einmal unter der Haube bist, erinnerte sich Waltraud an den Grundsatz, den ihr die Großmutter immer wieder eingetrichtert hatte. Aber so stehen lassen wollte sie diesen Tölpel auch wieder nicht. Einerseits tat er ihr leid, andererseits war sie peinlich berührt und die Dorfbewohner erwarteten ihre Reaktion. Sie wußte nicht, was sie sagen sollte, und so sprach sie aus, was ihr gerade durch den Kopf ging. »Hallo, Siegfried. Kommst du nächste Woche noch in die Schule oder gehst du jetzt in die Fabrik arbeiten?« Siegfried zögert, setzt zweimal an, um eine Antwort zu finden, vergeblich, er schafft es nicht, bringt kein Wort heraus, sieht ihr in die jungfräulichen Madonnenaugen, sagt immer noch kein Wort und geht dann weiter, bahnt sich den Weg durch die Kirchengemeinde, an den Schulkollegen vorbei, die ihn beim Näherkommen plötzlich nicht mehr anstarren, sondern ihre Köpfe wegdrehen, geht durch das Kirchenportal und biegt wie jeden Sonntag in die Sakristei ein, um sein Ministrantenkleid anzuziehen und auf die Ankunft des Herrn Pfarrer zu warten.

Siegfried war kein gewöhnlicher Ministrant, denn er besaß das große Privileg, jeden Sonntag die Lesung lesen zu dürfen. Er besetzte eine wichtige, unverrückbare Rolle im strengen, ritualisierten Ablauf der Messe. Siegfried war neben dem Herrn Pfarrer der einzige, der jeden Sonntag an die gesamte Pfarrgemeinde das Wort richten durfte, und in seiner Eigenschaft als Oberministrant verfügte er über jenes Prestige, das sich ableitete aus der geborgten Autorität des Herrn Pfarrer und der Unfehlbarkeit der Heiligen Schrift, die er lesen durfte. In der Sakristei waren Siegfrieds Kollegen, die Ministranten Franz und Karl, in eine heftige Diskussion verstrickt, die sie jedoch abrupt beendeten, als Siegfried eintrat. Pfarrer Heinrich stürzte in die Sakristei, als ob er in großer Eile wäre, reichte Siegfried feierlich die Hand, er tat dies jedoch nicht so, als würde er seinen Assistenten begrüßen wollen, es sah eher aus wie das Kondolieren der Trauergäste bei einem Begräbnis. »Siegfried, schön, daß du auch da bist.« »Ich bin immer da, Herr Pfarrer, jeden Sonntag, das wissen Sie doch«, flüsterte Siegfried irritiert, und plötzlich, ohne daß er wußte warum, tauchte das Bild des Jesus vor ihm auf, der von Judas verraten wurde, es war die Gestik des Handgebens, die das Bild in ihm aufsteigen hatte lassen, es könnte ähnlich gewesen sein. »Ich muß doch die Lesung lesen. Aus dem Brief des Apostel Paulus an die Korinther. Habe ich recht, Hochwürden?« Siegfried mußte dem Herrn Pfarrer mit seinem Nachsatz ungewollt einen Gefallen getan haben, denn der wirkte jetzt irgendwie erleichtert. Der Pfarrer lächelte, schüttelte den Kopf und sagte dann: »Denkst du nicht, daß irgendwann einmal ein anderer auch drankommen sollte?« »Ein anderer Apostelbrief? Ich glaube nicht, daß ich mich da irre. Vorigen Sonntag habe ich Paulus an die Römer gelesen, also ist der nächste der Korintherbrief, da bin ich mir ganz sicher«, sagte Siegfried. »Du irrst dich nicht, aber trotzdem hast du mich nicht richtig verstanden. Es geht nicht darum, welcher Brief gelesen wird, sondern wer ihn liest. Ich habe nachgedacht. Es ist nicht richtig, daß von euch dreien immer nur du allein die Lesung liest. Daher halte ich es für gerechter, wenn heute einmal Franz drankommt«, sagte der Pfarrer und verfiel wie immer, wenn er sehr aufgeregt war, in jenen eingelernten, halb singenden, halb sprechenden Kirchenton, der für gewöhnlich beim Absingen von Chorälen Anwendung findet. »Es muß der Gerechtigkeit Genüge getan werden. Auch du mußt einmal verzichten lernen, Siegfried. Du hast deine Sache sehr gut gemacht, du kannst von euch dreien sicher am besten lesen, aber auch die anderen müssen einmal die Möglichkeit ...« »Das kann doch nicht Ihr Ernst sein«, stieß Siegfried hervor. »An jedem anderen Tag, aber nicht heute.« »Nein, habe ich gesagt, und dabei bleibt es«, wiederholte der Pfarrer, verärgert über den Gefühlsausbruch des Buben, der ihm den erforderlichen Respekt verweigerte. »Wenn du einmal Pfarrer werden willst, mußt du vor allem Gehorsamkeit lernen.« »Aber verstehen Sie doch, Herr Pfarrer, der Zeitpunkt ...« Siegfried fühlte, wie ihm die Tränen ins Gesicht schossen. »Tun Sie's nicht. Nicht heute, bitte«, stammelte Siegfried fassungslos. Klar wußte Pfarrer Heinrich, daß die Kadenbachs bankrott waren, natürlich war es zutiefst bedauerlich, daß es ausgerechnet den besten unter seinen Ministrantenbuben erwischt hatte, aber auch ein Pfarrer kann seiner Glaubensgemeinschaft nicht alles zumuten. Beinahe ein Drittel seiner Kirchgänger hatte bis gestern bei Kadenbach ihre Brötchen verdient, sie gingen jetzt über Nacht ihrer Arbeit und ihres Einkommens verlustig und mußten außerdem noch um ihr sauer verdientes Weihnachtsgeld bangen, das die meisten noch dazu schon im voraus längst ausgegeben hatten. Kadenbach, dieser absolut unmoralische Mensch, er hatte vielen im Ort Leid zugefügt, war sogar aus der Kirche ausgetreten. Er hatte die Notlage der Arbeiter nach dem Krieg zur Befriedigung seiner persönlichen Profitgier ausgenutzt. Kein einziger seiner Arbeiter verdiente mehr als den kollektivvertraglichen Mindestlohn. Nie hatte Kadenbach für die Kirche gespendet, nur Spott und Hohn »für die Pfaffen« übriggehabt. Es war einfach nicht tragbar, daß der Sohn Kadenbachs, obwohl er ein braver Bursch war, ein lieber Kerl mit Herzensbildung, mit Einfühlungsvermögen, daß der Sohn des Bankrotteurs den Gläubigern seines Vaters aus der Bibel vorliest, sie darüber aufklärt, was sie zu tun hätten, sie über ihre Sünden und Laster belehren würde. Denn aus dem Mund des jungen Kadenbach würde das Evangelium einen völlig entstellten Sinn ergeben. Ein Skandal wäre unvermeidlich, die in den letzten Jahren mühsam aufgebauten Beziehungen zur Arbeiterschaft und zur Gewerkschaft würden unweigerlich in die Brüche gehen. So was war nicht in Ordnung, dieser Bub, so anständig er war, unter diesen Umständen durfte es nicht sein, die Kirche wäre nächsten Sonntag praktisch leergefegt, niemand würde mehr zur Messe kommen. Der Bub würde es irgendwann verstehen, vielleicht. Siegfried wischte sich die Tränen aus den Augen und begann, mechanisch, wie aufgezogen, sein Ministrantenkleid auszuziehen. Dann faltete er sein Meßkleid sorgfältig zusammen und legte es in die Schublade in der Sakristei, verschloß die Schublade, wie es nach der Beendigung eines Gottesdienstes üblich war, zog den Schlüssel ab und gab ihn seinem Kollegen Franz. »Ich werde nicht mehr in die Kirche kommen«, sagte Siegfried und ging zur Tür hinaus, bleich, aber ohne auch nur die geringste äußerliche Regung zu zeigen. »Versündige dich nicht, Bub«, flüsterte Pfarrer Heinrich eine jener Standardfloskeln, die er immer dann benutzte, wenn ihm sonst nichts mehr einfiel.

Später, als dann Franz die Lesung las, ging ein zufriedenes Raunen durch die versammelte Seelengemeinde. Der große Hirte hat wieder ein paar neue Schafe dazugewonnen, dachte Pfarrer Heinrich, als er die Predigt mit den Worten schloß: »... gib uns unser tägliches Brot und unseren gerechten Lohn, aber vergib unseren Schuldigern.« Der Dorftrottel im vorletzten Bankerl hinter der Sakristei lächelte und zeigte mit dem Finger auf den Kirchenausgang. Selbst er hatte verstanden, wie alles gemeint gewesen war.

# 9. VERSCHÜTTETE MILCH

Auf seinem Weg von der Kirche zurück in sein Elternhaus, das nicht mehr seines war, da es schon nächste Woche versteigert werden würde, begegnete Siegfried einer kleinen Gruppe von Kirchgängern. Diese Männer kamen absichtlich zur Messe zu spät, um sich dann irgendwo hinten auf die letzten Stehplätze hinstellen zu können. Durch den Trick des Zuspätkommens konnten sie sich das lästige Niederknien ersparen, durften aber trotzdem – als passive Beobachter der Messe – für sich in Anspruch nehmen, ihrer Bürgerpflicht als gute Christen durch ihre Anwesenheit beim sonntäglichen Gottesdienst Genüge getan zu haben. Denjenigen unter ihnen, die nicht nur über etwas Beobachtungsgabe, sondern auch über die seltene Gabe der Intuition verfügten, fiel nicht nur auf, daß Siegfried sich nicht auf dem Weg zur Kirche, sondern in die Gegenrichtung bewegte, sie fühlten auch, daß mit dem Buben irgend etwas nicht stimmte, daß etwas mit ihm geschehen war, das den Grund seiner Seele erschüttert hatte. Ja, in grundlegender Weise hatte sich Siegfried verändert und in seinem ganzen menschlichen Bewußtsein war er ein anderer geworden, und es war offensichtlich, daß die Person, die in die Kirche hineingegangen war, und die jetzt herausgehende nur mehr wenig gemeinsam hatten.

Es war das gleiche passiert wie gestern im Gymnasium. Siegfried war jetzt zum zweiten Mal von einem Sprungbild erwischt worden. Irgend etwas, das ihn mit der Welt verbunden hatte, war jetzt abgetrennt, die Bilder, die er sah, waren ihm weggekippt. Konnte ein Mensch die Welt auf zwei verschiedene Arten sehen? Gab es die Möglichkeit, daß sich einem das Gleiche auf unterschiedliche Weise manifestierte? Existierten mehrere Abbilder der

Welt? Was würde das bedeuten? Siegfried hatte irgendwann einmal etwas über Bewußtseinsspaltung gelesen, aber er hatte keine Hinweise darüber erhalten, ob derjenige, dessen Bewußtsein sich gespalten hatte, in der Lage war, die Spaltung selbst zu erkennen. Unzweifelhaft war Siegfried in der Lage, selbst zu erkennen, daß sich seine Wahrnehmung der Umwelt gespalten hatte, hingegen hatte er selbst sich nicht verändert, zumindest dachte das Siegfried in dem Augenblick der Veränderung. Aber dann, dachte Siegfried, konnte es sich nicht um Schizophrenie handeln, denn der Schizophrene weiß ja im Augenblick der Bewußtseinsspaltung nicht, daß er sich gespalten hat. Oder doch? Existierten nur viele unterschiedliche Beschreibungen der Bewußtseinsspaltung, oder gab es diese auch in unterschiedlicher Form und Ausprägung? Litt er am Ende etwa nur unter einer Stoffwechselerkrankung des Gehirns? Oder waren die Berichte über die Schizophrenie bloß unpräzis, weil sie von Gesunden durch Beobachtung von Kranken vorgenommen worden waren und jene, die an Bewußtseinsspaltung erkrankt waren, unfähig waren, ihre Erkrankung zu beschreiben? War diese Krankheit überhaupt beschreibbar, wo doch bloß das Vokabular der »Normalen« zur Verfügung stand? Siegfried jedenfalls glaubte, daß sich seine Umwelt verändert hatte, aber er selbst derselbe geblieben war, doch selbst das konnte er nicht hundertprozentig sicher sagen. Unbestritten war lediglich eines: Er fühlte sich hoffnungslos, der Antrieb und die Kraft, die Initiative zu ergreifen, waren erloschen. Von einem Augenblick auf den anderen hatte er seine Lebensfreude verloren, irgend etwas, das vorher dagewesen war, sein strahlendes, optimistisches, gestalterisches Etwas fehlte ihm jetzt, der aktive Teil seiner Lebenskraft war verschwunden und die Umgebung war »gesprungen«. Ja, es war noch die gleiche Kirchenfassade, die gleiche Straße, die gleiche Wiese, aber er hatte die Orientierung verloren. Ein zweites Umfeld hatte sich seiner bemächtigt, hatte das Kommando über Siegfried übernommen. Oder hatte sich nur der Blickwinkel, unter dem Siegfried die Dinge wahrnahm, verändert? Die Straße war die Straße geblieben, aber sie trug jetzt eine andersartige Information. Während die Straße seiner normalen Bewußtseinsebene eine Verbindung zu seiner Seele hervorrief, die ihn einlud, ihr entlangzugehen, war die Landstraße der zweiten Beziehungsebene jetzt bloß vorhanden. Die Dinge hatten zwar eine Gestalt, aber keine Verbindung zu seiner Seele, zu seinem reflektierenden Menschsein. Er machte keine Pläne mehr, er dachte nicht mehr voraus. Das war es. Die Dinge der zweiten Welt, in der er sich unfreiwilligerweise befand, hatten keine Seele und daher wollte man sie nicht beeinflussen, es schmerzte, in einer solchen Welt zu leben, man konnte es nicht Leben nennen, es war ein passives Dahinvegetieren. Siegfrieds Angst, nie mehr wieder in seine vollständige Bewußtseinsebene zurückzufinden, wurde mit jeder Sekunde größer. Siegfried ahnte, er fühlte, daß er einen Punkt seiner Erinnerung finden mußte, bei dem er seine Seele »ankern« konnte. Von diesem Fixpunkt würde er sich dann zurücktasten können. Aber so sehr er sich auch bemühte, sich zu erinnern, er fand trotz äußerster Willensanstrengung keinen derartigen Ankerpunkt. Er versuchte verzweifelt, sich zu konzentrieren, aber es gelang ihm nicht, denn dafür war er viel zu unruhig, ja geradezu panisch. Er versuchte, sich an seinen letzten Ferienaufenthalt am Hochsee vor zwei Jahren zu erinnern, an die Zeit von damals, als er so glücklich war, er arbeitete hart daran, sich dieses Glücksgefühl wieder in Erinnerung zu rufen, er quälte sich in äußerster, extremer Weise, sein Bewußtsein zurückzufinden, aber es gelang nicht. Verzweifelt drehte er sich um seine eigene Achse – erfolglos. Dann versuchte er neuerlich, sich den Hochsee vorzustellen, und drehte sich dabei gleichzeitig um die eigene Achse, aber auch diese Kombination war erfolglos, und so wankte er zurück, ohne sein lebendiges, aktives Bewußtsein wiedererlangt zu haben. Obwohl die ganze zweite Welt für Siegfried unbekannt war, so wußte er doch den Weg nach Hause, denn die Struktur der äußeren Welt war gleich geblieben, lediglich ihre Information hatte sich verändert. Um ein Zusammentreffen mit Hubert und seiner Mutter zu vermeiden, schlich er die Holzstufen zur Dachkammer hoch, die vor kurzem noch von Barbara bewohnt worden war, setzte sich auf einen Sessel und litt mit geschlossenen Augen, dabei immer wieder eine Rückkehr in seinen früheren Bewußtseinszustand versuchend.

Dennoch mußte die Mutter sein Nachhausekommen bemerkt haben, denn sie kam die Stiegen hochgeschlichen, mit verweinten Augen, leise vor sich hin schluchzend mit einem fürchterlichen Ausdruck im Gesicht. Hubert und Charlotte mußten sich auf Leben und Tod gestritten haben, und in der Tat hatte sich die gespannte Atmosphäre des Sonntagmorgens diesmal in einer Woge enthemmter, ungebremster Aggression entladen. Obzwar solche Eruptionen aufgestauten Hasses keine Außergewöhnlichkeit mehr darstellten, so waren sie doch für gewöhnlich nur von kurzer Dauer, da sie üblicherweise damit endeten, daß Hubert in Richtung Wirtshaus aus dem Haus stürmte, dabei sämtliche Türen mit einer großen Wucht und Heftigkeit zuwerfend, daß nicht selten der Verputz aus den alten Türrahmen rieselte. Doch diesmal war es anders als sonst gewesen. Gleich nachdem Siegfried das Haus verlassen hatte, um zur Kirche zu gehen, war der hochgradig erregten und nervösen Charlotte am Herd die Milch für den Frühstückskaffee übergegangen, und beim Versuch, die verbrannte Milch mit einem Geschirrtuch vom Herd zu fegen, hatte sie sich die Hand verbrannt, was den Auslöser gab für einen spontanen, überschwappenden Impuls von schmerzhafter Wut und Verzweiflung. »Du gemeiner Schuft«, würgte sie zwischen den Zähnen hervor, »der ganze Ort weiß schon, daß das Dienstmädchen von dir schwanger ist. Du hast mich lächerlich gemacht, ich kann mich nirgends mehr blicken lassen.« Bei den letzten Worten wurde sie von einer solchen Welle von Selbstmitleid erfaßt, daß sie nur mehr schluchzen konnte. Die Verzweiflung hatte Charlotte gepackt, und ihr angeborener Sinn für Dramatik manifestierte sich in einer herzzerreißenden Geste der Hilflosigkeit, sie schlug ihre Hände vor ihrem Gesicht zusammen und wimmerte in stoßartigen Wogen, so wie es nur eine Frau in der höchsten Verwundung tun konnte, und deshalb war es nicht weiter verwunderlich, daß sogar Hubert wie gelähmt war, er war fassungslos über diese gewaltige Springflut weiblicher Verzweiflung, die ihm entgegenschwappte. Wie immer versuchte er also, die ganze »hysterische Angelegenheit«, denn eine solche war es für ihn ja bloß, nach Möglichkeit zu ignorieren, nicht ahnend, was in der Folge passieren würde. Hubert legte seinen Rasierpinsel weg, klappte sein Messer zu, wischte sich den restlichen Rasierschaum mit dem Handtuch vom Kinn und beschloß, sich seine Erschütterung nicht anmerken zu lassen. »Was regst du dich denn so auf. Barbara ist halt schwanger geworden, so was kann passieren. Bei dir habe ich ja schon seit längerer Zeit keinen Stich mehr gemacht. Du weißt doch ganz genau, daß unsere Ehe nur mehr auf dem Papier besteht. Wer war es denn, der seinem Ehemann die eheliche Pflicht verweigert hat? Du hast mich aus deinem Bett geschmissen, weil du dir einbildest, daß du die Größte bist. Spielst die Grande Dame mit dem Härtling in der Stadt, aber ich darf mich hier zu Tode arbeiten. An deiner Stelle würde ich ganz schön meinen Mund halten und ein bißchen über mich selber nachdenken, du hysterische Idiotin.« Da stieg schlagartig die Erinnerung in ihr hoch. Was vor etwa zwei Jahren geschehen war, sie hatte es noch immer nicht bewältigen können, immer noch mußte sie daran denken, mußte sich zwangserinnern, wenn sie nachts wach in ihrem Bett lag, allein in ihrer hoffnungslosen Einsamkeit. Er war es gewesen, der alles verdorben hatte. An jenem Freitag nachts vor zwei Jahren war alles passiert, es war die Zeit, als sie noch gemeinsam in ihrem Ehebett schliefen, noch zusammen lebten wie ein Ehepaar. Spät nachts war er gekommen, es mußte nach Mitternacht gewesen sein, und er war betrunken, in widerlichster Weise betrunken gewesen. Er hatte sich zu ihr ins Bett gelegt, aber als er dann seine Unfähigkeit eingestehen mußte, da hatte er sie geschlagen, immer wieder ins Gesicht geschlagen, sogar mit den Fäusten. »Das war das letzte Mal«, hatte sie geflüstert, hatte ihre Decke und den Kopfpolster genommen, war aus dem Schlafzimmer hinausgestolpert, und nie mehr wieder ins Ehebett zurückgekehrt. Und jetzt sollte es auch noch ihre eigene Schuld sein, daß Hubert sie betrogen hatte. Jetzt, wußte sie, war das endgültige Ende ihrer Ehe gekommen, sie wußte es mit einer plötzlichen, sicheren Gewißheit, die sie wie ein Stromstoß ins Zentrum ihrer Empfindungen getroffen hatte. Nein, das war keiner der üblichen Sonntagsstreits mehr, es war das letzte Mal, es war zu Ende, heute würde sie Schluß machen. Aus. Schluß. Ende. Charlotte ließ sich von ihrer Empörung so überwältigen, daß sie keine Kontrolle mehr über sich hatte, sie konnte und wollte nicht mehr denken, sie konnte nur mehr reagieren, eine programmierte Reaktion lief in ihr ab, der Schmerz überflutete ihr Denken und ließ ihr keine andere Chance als blindlings, reflexiv auf die ungeheuerliche Demütigung, die ihr Hubert zugefügt hatte, zu reagieren, und sie ergriff die neben dem Herd abgestellte Milchkanne und entleerte sie langsam vor Hubert auf den Boden. »Wir sind geschiedene Leute«, sagte sie mit einer Klarheit und Festheit im Ausdruck, die nur die vollkommene Verzweiflung zuläßt. »Ich fahre morgen zu meinem Rechtsanwalt nach Altenstätt und lasse mich von dir scheiden. Ich will mit dir nie mehr etwas zu tun haben, nie mehr, hörst du«, sagte Charlotte, schlug die Tür zu und lief die Stufen zu Barbara Dachkammer hinauf. Sie bemerkte die qualvolle Depression nicht, in welcher der Bub verstrickt war. »Bub, du mußt jetzt ganz stark sein«, eröffnete Charlotte. »Ich werde mich von Hubert scheiden lassen und von hier fortgehen. Du kannst mitkommen, wenn du willst. Aber du mußt dein Studium aufgeben. Wir gehen in die Textilfabrik arbeiten. Du und ich. Ich werde als Hilfsarbeiterin anfangen. Du kannst vielleicht sogar eine Lehre machen, wenn in der Fabrik noch eine Lehrstelle frei ist.« »Ich habe keine Kraft mehr, Mutter«, flüsterte Siegfried. Er wußte jetzt mit Sicherheit, daß er sterben wollte.

## 10. DER KRETZENBERG

Josephine Sterzinger packte ihren Rucksack und machte sich, so wie jeden Sonntag, auf den Weg zum rund tausend Meter hohen Kretzenberg. Woche für Woche bewältigte sie den anstrengenden Aufstieg, obwohl sie schon sechsundsechzig Jahre alt war. Je nach dem Grad der Sympathie, den man ihr im Ort entgegenbrachte, nannte man sie »die Kräuteroma« oder »die Kräuterhexe«, aber kaum jemand wußte, wie sie eigentlich wirklich hieß. Sie war in den letzten Kriegsjahren nach Ellend gezogen. Über ihr Schicksal war nur bekannt, daß ihr einziger Sohn in Rußland gefallen war. Fünfzehn Jahre später war auch ihr Mann gestorben, und seitdem lebte sie allein. Niemand wußte genau, was Oma Sterzinger auf dem Kretzenberg zu suchen hatte oder vielmehr suchen wollte. Fest stand, daß sie jeden Sonntagabend in der Dämmerung zurückkam, und aus ihrem Rucksack ragten dann ein paar Reisigbüschel und längliches, grünes Farnkraut heraus. Nachdem sie nach ihrem einzigen Sohn auch noch ihren Mann verloren hatte, war die Sterzinger-Oma äußerlich immer mehr ausgetrocknet, ja sie hatte ihre äußerliche Präsenz in dieser Welt, in der alle geliebten Menschen gestorben waren, auf ein Minimum reduziert, solcherart ihre materielle Komponente nach und nach zurückgezogen, auf jenes Ausmaß an körperlicher Schrumpfung, das ein gesunder Mensch in lebendigem Zustand erreichen konnte. Ihre Entwicklung stand damit in krassem Gegensatz zu den meisten anderen Ellender-Witwen ihrer Altersgruppe, die nach und nach, im Zeitraffer betrachtet, wie ein Germteig aufgingen und im Regelfall an mehr oder weniger scheußlichen Krankheiten mit pittoresken Bezeichnungen litten: Gürtelrose, Gallensteine, Gicht, Gelenksrheumatismus und ähnliche

Übel gehörten im Dorf zum Alltag wie das absichtliche Zuspätkommen in die Kirche. Die Oma Sterzinger jedoch war bloß hager und faltig geworden, tiefe Spuren ihres Lebens waren auf ihrem schmalen Gesicht wie Landschaften eingegraben, auf dem rechten Nasenflügel wand sich eine Krampfader in bläulichen Mäandern, ihre schneeweißen, flachsigen Haare trug sie zu einem Zopf auf dem Hinterkopf hochgesteckt. Beim Unkrautschneiden hatte sie sich irgendwann vor langer Zeit die Sehnen des kleinen Fingers durchgeschnitten. Es entsprach der überdisziplinierten und harten Lebenseinstellung der Oma Sterzinger, daß sie es nicht für nötig hielt, wegen »einer solchen Lappalie« den Doktor zu bemühen, und daher blieb der kleine Finger der rechten Hand gekrümmt wie die scharfe Handsichel, mit der die Sehne vor beinahe vierzig Jahren durchtrennt worden war. Das Zentrum ihrer Erscheinung bildeten ihre wasserblauen Augen. Ihre großen, strahlend hellen Augen waren umzingelt von tiefen, unregelmäßig zulaufenden Falten, die sich im Laufe eines Lebens, welches Freude und Leid im Übermaß gebracht hatte, in ihrer gegerbten Haut eingegraben hatten. Das ganze Gesicht befand sich im Zustand der weit fortgeschrittenen, vielleicht auch schon völligen Reifung. Und mitten im Zentrum dieses ledernen Furchengesichts blickten die Augen der Oma Sterzinger, hellblaue, junge Augen, die ohne die geringste Spur einer Trübung waren, jedoch aufgeladen mit Energie und Lebenskraft. Die Augen eines starken Menschen, das Gesicht einer ausgeprägten Persönlichkeit. Zügig, mit federndem Schritt trug sie ihre achtundvierzig Kilogramm Körperlichkeit, das Leichtgewicht eines alten, gedörrten Körpers, die Asphaltstraße entlang, hinüber zur bachseitigen Straßenseite, zum Bahndamm, über den schlammigen Kartoffelacker des Schrainerwirts, bei der

Kadenbach-Mühle vorbei, hinauf zum Steinbruch. Knapp unterhalb des steilen Hohlwegs bückte sie sich plötzlich, löste mit vorsichtiger Zärtlichkeit eine dunkelgrüne, farnartige Pflanze mit ausgefransten Blättern mitsamt der Wurzel aus dem Waldboden. »Waldfranzel, mein Waldfranzel«, murmelte sie, und schüttelte bedächtig die Erde von der Wurzel der Pflanze. Es hatte vor zwei Tagen geregnet, sodaß das Kraut seine optimale Wirkung entfalten würde. Der Fleischhauerin, die unter Gelenksrheuma litt, würde sie jetzt wieder helfen können. Sie hielt das grünliche Farnkraut gegen das gelbgedämpfte Abendlicht des Septembertages, zog die Struktur des Gewächses mit ihrem knochigen Zeigefinger nach, betrachtete es wie einen Edelstein und verstaute es dann vorsichtig in ihrem Rucksack, mit der gleichen meditativen Hingabe, wie der Pfarrer heute vormittag die Monstranz im Tabernakel verschlossen hatte.

Am Hochstand oberhalb des Kalksteinbruchs saß Siegfried, der sich so sehr wünschte, sterben zu können. Es war ein Drama, daß er gezwungen war, den Lauf des Geschehens als eine Verletzung seiner Ehre aufzufassen. Seine Gedanken verwirrten und quälten ihn unablässig. Lungen-Gedärme-Luftzirkulation hinter den geistigen Gefängnismauern eines verstümmelten Bewußtseins. Luft geht durch Nase und Lunge, aber der Kopf wird nicht klar, die Seele ist krank. Einsamkeit ist totaler Neutralismus, dachte Siegfried. Er saß vor den geschlossenen Türen seines Bewußtseins. Irgendwann mußte er den Schlüssel zum Wohnzimmer seiner Seele verloren haben, und jetzt war er gefangen im Kerker seiner Hoffnungslosigkeit. In der beginnenden Dunkelheit fühlte er das Schlagen seines nutzlosen Herzens. Das Herz ist nur ein Muskel, es gibt nichts Edles in dir, mein Lieber, sagte Siegfried zu sich, er fing an, über sich Gericht zu halten. Beobachte doch deinen Körper, befahl er sich. Was siehst du? Der Rotz rinnt dir aus der Nase. In der Mitte deines Gesichtes erhebt sich eine pickelige, fleischige Masse. Aus zwei faltigen Löchern sickert unablässig eine Verschmelzung aus Wasser und verfaultem Fleisch. Leicht debil zieht dieser zähe Extrakt unablässig dem Nasenloch zu, wird durch tiefes Luftholen wieder in das haarige, schleimige Naseninnere zurückgezogen, wo es von neuem versucht, dem dunklen Loch zu entrinnen. Dadurch entsteht ein ständiger Kampf zwischen Rotz und Nase, ein permanentes Auf und Ab, eine geräuschvolle, trotzige und rotzige Konfliktsituation. Einerseits die röchelnde Faulwassermischung, andererseits die pfeifende Druckluft, widerstrebend und stur in der Veranlagung, pöbelhaft in der Tendenz. Ja, er bot ein Bild gequälter Kreatürlichkeit. Im Großen wie im Kleinen. Immer wieder war er – über Jahre hinweg – früh aufgestanden, denn er glaubte, zunächst unerschütterlich, später auch wider besseres Wissen – daß der morgendämmernde Tag bedeutsamer sein würde als der vergangene. Aber als die Stunden vorüber waren, mußte Siegfried erkennen, daß er wieder nur nutzlos Zeit verschwendet hatte. Mit seiner bloßen Existenz hatte er sinnlos gepraßt. Bewaffnet mit dieser Erkenntnis, hatte er beschlossen, seinem quälenden Bewußtsein ein Ende zu setzen. Nach einer Nacht ohne Schlaf war er aufgestanden, nicht mal die Zähne hatte er sich geputzt, er wollte die blanken Empfindungen eines Tieres haben, das zur Schlachtbank geführt wird. Er war die knarrigen Holzstufen zum Dachboden hinaufgestiegen, wo unterhalb der letzten Stellage, gleich neben den alten, ausgeleierten Straßenschuhen und Gummistiefeln eine alte Schuhschachtel mit Medikamenten vor sich hin staubte. Kopfschmerztabletten gegen die Migräne des Prokuristen Härtling, der sich Löcher in die Schinkenwurst schneiden ließ, Tabletten gegen Stuhlverstopfung, die seine Mutter regelmäßig benutzte, Bronchialtabletten für Hubert, der damit seinen stakkatoartigen Raucherhusten kurieren wollte, was ihm allerdings nur mit mäßigem Erfolg gelang, sowie ein Schlafmittel, welches offenbar noch aus der Zeit stammte, die seine Mutter in psychiatrischer Behandlung in einer geschlossenen Nervenheilanstalt verbrachte. Ereignisse, an die sie sich später nicht mehr erinnern wollte. Siegfried hatte alle diese Schätze in Huberts alten Jagdrucksack gestopft, dazu eine Doppelliterflasche mit Grünem Veltliner, welcher als Transportmittel der kombinierten Medikamente in den Magen dienen sollte, ein einfaches Klappmesser mit rotem Holzgriff aus der Trafik, ein »Taschenfeitel« also, zum Aufschlitzen der Pulsadern, und eine Wäscheleine aus Plastik, die vermutlich stark genug war, um seinen Körper am Hals so lange festzuhalten, bis das Leben sich ausgezuckt hatte und die lästigen Reflexe zu Ende gezappelt waren. Und jetzt saß er hier am Hochstand am Kretzenberg, hatte alle Tabletten geschluckt, zwei Liter sauren Wein getrunken, sich die Wäscheschnur mit einem Lassoknoten um den Hals gelegt und an einem armdicken Ast oberhalb seines Kopfes festgebunden. Lediglich das Aufschlitzen der Pulsadern hatte er trotz mehrmaliger Versuche, bei denen er sich tüchtig geschnitten hatte, nicht richtig geschafft. Er blutete zwar aus zwei Schnittwunden, aber Siegfried war sich nicht sicher, ob die beiden Schnitte ausreichend sein würden, um ihn rasch und nachhaltig auszubluten. Aber für einen dritten Schnittversuch bestand jetzt keine Gelegenheit mehr, denn er hatte das Taschenmesser nach dem Fixieren der Plastikleine irgendwo in den Wald hinuntergeschleudert, um zu verhindern, daß er sich im leider unvermeidbaren Todeskampf selber wieder abschneiden konnte. Als die Wirkung der Tabletten einsetzte und er allmählich bewußtlos wurde, zog sich die Schnur an seinem Hals zusammen. Ich werde mein Leben auszucken, ich werde zucken, bis es zu Ende ist, dachte Siegfried. Ja, er wollte sterben, er war fest entschlossen, und das war das einzige, was Siegfried an sich selbst noch ehrenhaft und menschenwürdig fand. Ein Mann muß seinen Weg gehen, hatte er irgendwo in einem Prinz Ehrenherz-Heftchen gelesen. Er war ein Ehrenmann, obwohl es ihm schmerzlich klar wurde, daß er an Prinz Ehrenherz nicht heranreichen würde. Siegfried Kadenbach war ein Pleitier, aber er würde sterben wie ein Mann mit Ehre. Es fröstelte ihn, in den Ohren begann es zu rauschen, er wurde müde, aus der Nase floß Sekret. Es war eigenartig, daß er wieder an den Rotz denken mußte, vielleicht war dies der obsessive Ausdruck für die tiefe Verachtung, die er sich selbst entgegenbrachte. Plötzlich wußte er, warum die katholische Kirche es ablehnte, Selbstmörder zu bestatten. Selbstmord machen, dachte Siegfried, ist eine revolutionäre Auseinandersetzung mit Gott. Der Selbstmörder rebelliert gegen die Ordnung der Welt, indem er sich weigert, die ihm zugedachte Rolle im kosmischen System zu erfüllen. Im Suizid verweigert der Diener die Gehorsamkeit gegenüber seinem Meister. Was war er denn, der Herr Konkursist junior, anderes als ein Stück Rotz, ein kleines zähes Stück Materie im Gesamtsystem des Ellender Weltensystems. Ein zähes, verbissenes, mit vollstem Einsatz arbeitendes Stück rotziger Materie war er, das aus seinem jämmerlichen Milieu, der Stätte seiner Produktion, aufs schleunigste entfleuchen wollte. Aber auf der Gegenseite wirkte die kraftvolle Stupidität des animalischen Lebenstriebes, welcher in sturer Blödheit immer wieder versuchte, das unter

Entbehrung und Schmerzwehen geborene Rotzglöckchen in den klobigen, faltigen Leib der materiellen Welt zurückzuziehen. Siegfried wurde mit fortschreitender Bewußtlosigkeit immer verwirrter. Die Mutter des Lebens, unter spastischen Zuckungen wölbt sie ihre Löcher, verzieht und krümmt sich in heftigen Konvulsionen und rüsselt den Rotz mit verzweifelten Anstrengungen immer wieder aufs Neue in ihr Inneres. Der Rotz allerdings, erbärmlich süffelnd und stotternd, ein Zustand, welcher durch das ständige Aufziehen verursacht wird, versucht, sich festzuklammern, seine neuerliche Arretierung zu verhindern. Dabei röchelt er auch – unter blubbernden Verblasungen. Mit fortschreitender Dauer wird der Kampf immer bitterer, der Konflikt eskaliert. Aber die Energie – auch der triebhaften Elemente – ist begrenzt. Der Rotz scheint sich durchzusetzen. Die Emigration scheint zu gelingen. Lautlos schreiende Partikel von Sekret fallen auf Siegfrieds abgetragenen Acrylpullover, vermischen sich mit dem Blut aus den Schnittwunden am Handgelenk. Mit zunehmender Müdigkeit sinkt Siegfried allmählich nach hinten, die Plastikleine um seinen Hals zieht sich immer fester zu, schnürt die Blutzufuhr zum Hirn ab, langsam versinkt Siegfried in einen wattigen Zustand, jeder Herzschlag pocht in den Ohren. Es ist mir das Herz in das rechte Ohr gerutscht, denkt Siegfried, ein Zustand wie unter Wasser, alles rauscht, der Strick hat sich schon tief in den Hals eingeschnitten, wahrscheinlich hat die Haut am Hals schon konturierte, rote Striemen mit kleinen Falten an der Stelle, wo sich der Lassoknoten eingräbt. Siegfried zwingt den Kopf nach hinten, gleich falle ich den Hochstand hinunter und ich zapple nur noch ein wenig, die Arme würde ich nicht mehr hochbringen, der Strick viel zu tief im Hals, das Rückgrat wird es mir abreißen, phantasiert Siegfried. Die dicke Anna Meisinger taucht unverhofft auf, sagt »Bub, tu dich nicht versündigen«, öffnet Siegfried die Hose und ihre fleischfarbene dicke Kombinege und setzt sich verkehrt auf sein pralles Leben, so als wäre Siegfried ein Schaukelstuhl, wippt sie nach vorn und nach hinten und die Schlinge um Siegfrieds Hals zieht sich ganz fest zu, aber die dicke Anna Meisinger wippt wieder nach vor und die Halsschlinge lockert sich und Siegfried holt Luft, nein Siegfried muß, er muß nach Luft japsen, er kann nicht verhindern, daß er japst, aber das ganze Blut ist nach unten geströmt und aus dem Magen drängen beim Luftholen die säuerlichen, halbvergorenen Reste der gestrigen Mahlzeit, die Tabletten und der viele Wein, aber die Anna Meisinger lehnt sich jetzt wieder fest an ihn, schlägt mit ihrem Hinterkopf in sein Gesicht, ein stumpfes, empörendes Schmerzgefühl in Siegfrieds Nase, ganz toll ist sie geworden, sie läßt ihn nicht mehr nach vorn wippen, es würgt und beutelt ihn und Erbrochenes quillt aus der Nase, da kippt der Stuhl und Siegfried fällt in die Schlinge, er hat keinen Kontakt mehr zum Boden, das Summen in den Ohren verschwindet schlagartig, irgendwas riecht hier ziemlich schlecht, die Meisingerin steigt plötzlich wie ein angestochener Luftballon in die Luft, er sieht sie langsam von unten nach oben emporsteigen, sie schaut noch einmal durch ihre fettglänzenden Schenkel und sagt empört: »Die Lausbuben können heutzutag nicht einmal mehr grüßen.«

Oma Sterzinger war zwar mit der Zeit schwerhörig geworden, aber ihre wasserblauen Augen waren mit fortschreitendem Alter nicht schlechter, sondern noch schärfer geworden. Irgendetwas hing auf dem Hochstand oberhalb des Kalksteinbruchs. Josephine Sterzinger legte den frisch ausgegrabenen »Waldfranzel« in den Rucksack und verschnürte ihn mit ihren knochigen, langen Fingern, die schwarzen Wollhandschuhe bedeckten nur die Hälfte der Finger, das erste Glied jedes Fingers war frei, denn Josephine mochte eine Beeinträchtigung ihres Tastsinns, und sei es auch nur eine geringfügige, nicht leiden. Bereits beim Weglaufen schulterte sie ihren Rucksack und lief mit elastischen, weit ausholenden Schritten, zum Hochstand, stieg, ohne den Rucksack abzunehmen, die Stufen aus Rundholz hinauf, bohrte und kratzte ihre dünnen Finger zwischen die straff gespannte Wäscheleine und Siegfrieds Hals und zog einige Male an der Plastikschnur, was allerdings vergeblich war, denn die Schnur ließ sich keinen Millimeter aufziehen. Das Gesicht des Buben war bereits bläulich unterlaufen, aus dem Mundwinkel tropften einige säuerlich riechende Fäden von schleimiger Konsistenz. »Es ist genug«, murmelte sie. Verzweifelt versuchte sie den Kopf und den Oberkörper des Jungen hochzuheben, aber auf diese Weise war die Schlinge nicht aufzubekommen, sie konnte den schweren Oberkörper des Buben nicht halten, mußte ihn fallen lassen, wieder in die Schlinge, aber es machte ohnehin nichts mehr aus, der Knoten war zum äußersten zugezogen, Siegfrieds Kopf fiel zurück in die Schlinge, es machte einen Ruck, der Kopf senkte sich nach hinten und verfiel in eine zarte Pendelbewegung. Bei flüchtiger Beobachtung sah Siegfried wie ein Sonnenanbeter im Schwimmbad aus, die Augen geschlossen, das Kinn hochmütig nach oben gereckt, den Kopf stolz nach rückwärts geworfen, lässig nach links und rechts pendelnd, nur das Erbrochene im Mundwinkel und die rote Plastikschnur störten den ganzheitlichen Eindruck demonstrativer Lässigkeit. Josephine Sterzinger kniete am Boden, direkt neben dem Holzpfosten, an den das Seil gebunden war, riß sich die Fingernägel an der

Plastikschnur ein, in dem Versuch, den oberen Knoten am Ast zu lösen, dabei fiel sie direkt neben die Weinflasche, plötzlich hob sie die Flasche hoch und zerschlug sie an einem Stein am Boden, dann begann sie, mit der scharfen Bruchkante der Flasche das Plastikseil durchzusäbeln.

Sie hatte die Hoffnung beinahe schon aufgegeben, als der leblose Körper des Buben auf den weichen Waldboden fiel. Sie stieg den Hochstand hinunter, zog die Plastikschnur von Siegfrieds Hals, schlug ihm mehrmals mit geöffneter Handfläche ins Gesicht, beugte ihn vornüber, drückte auf seinen Rücken, drehte den leblosen Körper wieder herum, massierte mit ihren Fäusten Siegfrieds Magen, riß seinen Mund weit auf, um das Erbrochene herauszuholen, fuhr ihm mit dem Zeigefinger in beide Nasenlöcher, hauchte ihm ihren Atem ein, immer wieder, verzweifelt, leidenschaftlich, wütend. »Der deformierte Bundesadler bekommt ein Konkurspickerl«, dachte Siegfried. Durch einen flimmernden, gelbroten Nebel hindurch blickten ihn die wasserblauen Augen der Kräuteroma an, und mit einem Atem, der erstaunlich frisch und gar nicht unangenehm roch, flüsterte sie mit leiser, beherrschter Stimme, aber mit einem durchdringend ernsthaften, gefährlich drohenden Unterton: »Mach sowas nie mehr wieder.« Hinterher konnte es Siegfried nicht mehr sagen, was es war, das ihn so sehr rührte oder vielmehr in tiefster Seele erschütterte. Vielleicht waren es die Wasseraugen, die Krampfader an der Nase, die ledrigen Falten, der Atem der alten Kräuterhexe, die zwei Liter Wein, ein beginnender Schaden im Gehirn durch den langen Sauerstoffmangel, die kombinierten Tabletten, die ungeputzten Zähne und der Ekel vor sich selbst, aber jedenfalls fing Siegfried unvermittelt zu schluchzen an, kniete vor der alten Oma Sterzinger und weinte das erste Mal seit vielen Jahren.

Und das Erstaunliche dabei war, daß er gleichzeitig kotzen mußte, in gleichmäßigen, schüttelnden Wellen heulte und spie er, und es bleibt bis dato unentschieden, ob er der einzige war oder geblieben ist, der dieses virtuose Kunststück jemals zustande brachte.

# 11. DER HOLZBOTTICH

Siegfried öffnete die Augen. Er saß in einem großen Holzschaff im Keller des alten Eisenbahnerhäuschens, in dem die Oma Sterzinger ihr wundersames Dasein fristete. Rundherum, auf dem kalten Steinboden, lag Erbrochenes, hinter dem glühendheißen Ofen – die Oma mußte ihn bis obenhin mit Kohlen befüllt haben – war eine Plastikleine gespannt, an der seine Kleider hingen, daneben war die Unterwäsche der alten Sterzinger zum Trocknen aufgehängt. Er saß nackt in einem großen hölzernen Trog, den die Alte offenbar im Winter zum Auswaschen ihrer Leibwäsche benutzte. Vor ein paar Tagen mußte sie eines ihrer Kaninchen abgestochen haben, denn ein blutiges Kaninchenfell hing auf einem der rostigen Fleischerhaken an der Wand neben dem Holzkistel. Siegfried schien es, als könnte er das Blut des Tieres noch im Keller riechen. Auf dem fleckigen Holzstuhl neben dem rotglühenden Ofen stand ein blechernes Lavoir mit blauschimmernden, geäderten Gedärmen, prallvoll noch mit der halbverarbeiteten Nahrung des abgestochenen Kaninchens. Im Mittelalter, dachte Siegfried, hat man zum Tode verurteilte Menschen an einen Baum gebunden, den Bauch geöffnet und die Gedärme am Baum festgenagelt, um die Verurteilten mit Prügeln und Peitschen so lange um den Baum zu treiben, bis ihre Gedärme vollständig aufgewickelt waren. Es würgte und krampfte ihn in immer kürzeren Intervallen. Es ekelte ihn, aber er konnte es nicht unterdrücken, denn es waren bloße Reflexe. »Wir müssen das Gift aus dem Körper kriegen, denn wenn dich der Doktor sieht, kommst du auf die Psychiatrie, mit deinen zerschnittenen Handgelenken weiß er sofort, was los ist mit dir«, flüsterte die Oma, hob den grünen Tonkrug, faßte Siegfried bei seinen langen Haaren am Hinterkopf und setzte ihm ein Glas mit bräunlicher, bitterer Flüssigkeit an die Lippen. »Du mußt das jetzt alles trinken. Der Kräutertee verdünnt das Gift. Du mußt alles Gift ausscheiden. Ich kann dir ja nicht den Magen auspumpen. Trink!« Siegfried konnte nicht schlucken, plötzlich bekam er keine Luft mehr, mußte sich wieder übergeben, konnte sich nicht mehr rechtzeitig hinausbeugen und daher nicht verhindern, daß das Erbrochene an den hölzernen, rissigen Seitenwänden des Trogs hängenblieb und langsam abrutschte. Die alte Sterzinger holte den roten Plastikschlauch, spritzte das Gespeibsel auf den Holzboden des Schaffels und zog den Holzstöpsel heraus. Das Wasser mit den erbrochenen, halbverdauten Speiseresten begann mit einem gurgelnden Geräusch auf den Steinboden abzufließen.

Als sie das Abflußgitter vom Boden hochhob, bemerkte sie, wie Siegfrieds Oberkörper langsam zusammensackte und das kalkweiße Gesicht in das abfließende Wasser eintauchte. Franzel! War es 1943 oder 1944 gewesen? Die Erinnerung blitzte wie eine plötzliche Einblendung vor ihr auf. Sie sah ihn nicht nur, sie spürte seine Existenz, seine Anwesenheit. Franz Friedrich Sterzinger, neunzehnjährig zur deutschen Wehrmacht einberufen, Russlandeinsatz, nach kurzer Zeit schon zum Unteroffizier befördert, ein Sohn, wie sich ihn jede Mutter nur wünschen konnte. Zwei Dutzend Soldaten auf einem Wehrmachts-Lkw irgendwo in Polen, oder waren sie schon in Rußland? Franz Sterzinger, der jüngste Obergefreite der ganzen Kompanie, er saß auf dem hintersten Eckplatz der Sitzbank auf dem offenen Militärlaster, sie fuhren über eine unasphaltierte Landstraße, es war mitten im Sommer und er dachte an Olga. Sie hatte ihm beim Abschied ihre langen Arme um den Nacken gelegt, er fühlte den Atem ihres geöffneten Mundes und die Berührung ihrer Lippen. Sie stand auf ihren Zehenspitzen und bewegte ihre Oberschenkel, die zarte Bewegung war nicht sichtbar, aber dennoch konnte er sie intensiv spüren, sie schaute ihm in die Augen, wie es nur eine liebende Frau tun kann, mit einem Arm hielt Franz sie um ihre Hüften gefaßt, seine Finger umwickelten eine Strähne ihrer Haare. Plötzlich legt sie ihm die Fingerspitzen auf seine Augen, er sieht nicht mehr den Tränenschimmer in ihrem Gesicht, denn sie stößt ihn weg und läuft, so schnell sie kann, die staubige Landstraße hinunter. Franz muß wieder zu seiner Kompanie zurückfahren, und jetzt sitzt er auf diesem Lastkraftwagen und befehligt seinen Zug, aber er denkt nur noch an sie. Heute ist ein heißer Tag, nur der Fahrtwind kühlt, aber der Obergefreite Franz Friedrich Sterzinger hat noch immer seinen großen, unbequemen Troßsack am Rücken und er möchte ihn jetzt abnehmen. Die Soldaten sitzen zusammengekauert auf der offenen Ladefläche, die meisten haben ihren Troßsack bereits abgesetzt und dösen übermüdet und leicht vornübergebeugt, mit geschlossenen Augen vor sich hin. Den Kopf übervoll mit den Gedanken an seine Olga steht Franz Sterzinger auf, um seinen Troßsack abzunehmen. Der Soldat Fritz Kumminger gibt später als Zeuge zu Protokoll, daß auf den vorangehenden Straßenabschnitten kein einziger Tunnel gewesen sei. Er wisse nicht, warum der Zugsführer Sterzinger gerade in diesem Augenblick von der Sitzbank des offenen Transporters aufstehen und seinen verdammten Troßsack abnehmen wollte. Der Kopf Sterzingers sei durch die Wucht des Aufpralls auf der Tunneleinfahrt beinahe vollständig vom Rumpf getrennt worden, es hätte ein Geräusch gegeben, wie wenn man einen Fußball aus kurzer Distanz an eine Betonmauer schießt. Dieses Geräusch würde er nie mehr, in seinem ganzen Leben nicht, vergessen können. Mehr als eine Woche verging, bis der Postbote bei Josephine Sterzinger anklopfte und ein recommandiertes heeresdienstliches Schreiben der Kommandantur Danzig überbrachte. »Wir bedauern ..., daß Ihr Sohn, der Obergefreite Franz Friedrich Sterzinger, geboren am 17. 10. 1925 ... in heldenhafter Weise sein Leben für sein Vaterland hingegeben hat. Heil Hitler!«

Und jetzt liegt da dieser blasse, pickelige Bursche mit den langen, blonden Haaren regungslos in ihrem Holztrog. Da überkommt die alte Sterzingerin ein mächtiger Zorn, den sie auch mit den jahrelang geübten Mitteln ihrer eisernen Disziplin nicht mehr wirksam entschärfen kann. Sie würde es nicht hinnehmen, daß dieser dumme Bursch jetzt starb. Dieser Kerl, den sie beim Suchen des Waldfranzelkrauts gefunden und dann unter Aufbietung all ihrer Kräfte vom Kretzenberg heruntergeschleppt hatte. Er mußte am Leben bleiben, dieser ungepflegte, magere, widerliche Lausbub. Was der sich eigentlich gedacht haben mag? Mein Bub hat sterben müssen, weil er zum unrichtigen Zeitpunkt seinen Rucksack abnehmen wollte, und dieser Kerl will seinen Rucksack nicht tragen, will sich umbringen mit zwölf, höchstens dreizehn Jahren. Josephine Sterzinger packte Siegfried an der Achsel, zog ihn hoch, ergriff den Wasserschlauch, drehte den Wasserhahn auf und spritzte Siegfried das eiskalte Wasser ins Gesicht, auf Brustkorb, Unterleib, Beine, auf den ganzen Körper. Siegfried richtete sich auf, stöhnte, es schüttelte ihn am ganzen Körper. Die alte Sterzinger schlug ihm mit der flachen Hand ins Gesicht: »Wach auf, du Lausbub. Mir stirbt keiner mehr weg.« Siegfried rappelte sich langsam hoch, stützte sich auf Knie und Ellenbogen, mußte sich wieder übergeben, aber die Erinnerung kam zurück.

Das demontierte Telefon, das Verschwinden Barbaras, der Konkurs, der Professor, der ihn vor seinen Schulkameraden verhöhnt hatte, das unerklärliche Grinsen des Herrn Bundespräsidenten, der vergebliche Versuch, den Brief des Apostels Paulus zu verlesen, die Verzweiflung seiner Mutter, der Hochstand und diese verrückte Alte, die ihn losgeschnitten und seine Pulsadern mit einem Fetzen verbunden hatte. »Das Gift muß aus deinem Körper«, murmelte die Sterzinger, holte ein Messer und ein rissiges Stück gebrauchter Seife, schnitt ein kleines fingernagelgroßes Stück davon ab, spreizte Siegfrieds Po-Backen und schob es ihm in den After. Noch nie in seinem Leben hatte er sich so geschämt. Immer wieder mußte er sich übergeben, zwischendurch immer wieder Wasser trinken, es war, als würde sein ganzer Körper permanent auslaufen. Am Ende schleppte sie ihn hoch in die Küche, rieb ihn am ganzen Körper mit Franzbranntwein ab und setzte ihn zum Herdfeuer. Als es ihm am Abend wieder etwas besser ging, wußte er, daß sie ihm das Leben gerettet hatte. Aber er wußte nicht, ob er sich darüber freuen sollte oder nicht.

»Du hast einen Blasebalg im Mund. Benutze ihn, wenn du deine Suppe ißt. Die Suppe ist heiß, aber du mußt sie essen. Benutz deinen Blasebalg, dann kannst du sie abkühlen.« Die Sterzinger war schon eine merkwürdige Alte. Der Unsinn mit dem Blasebalg gehörte wohl zu ihren zahlreichen spleenigen Eigentümlichkeiten. Dennoch war Siegfried beeindruckt, nicht von dem Inhalt der blasebälgischen Äußerung an sich, sondern von deren Ausprägung, der Art wie der Satz, die einzelnen Wörter, Vokale und Konsonanten ausgesprochen, oder vielmehr ausgedehnt wurden. Siegfried konnte spüren, wie die Laute in Wörter transformiert wurden und in akustischen Schallwellen auf den Molekülen erwärmter Atemluft daherritten. Dann jedoch, mit unvermittelter Plötzlichkeit ventilierte sich – ein gedehntes »Blaaah-ssseeehh-bbooolg« durch die graurosa Greisenlippen, gefolgt von der ruckartigen Definition der örtlichen Befindlichkeit, der Lokation ebendieses Blasebalgs, dieser befände sich nämlich – und das erst verhalf dem Blasebalg als Luftpumpgerät zu wirklicher Nützlichkeit, weil es das Instrument für jedermann in jeder Situation quasi universell verwendbar mache – dieser befände sich also im »Muuuuuuundt«. Punktum. Siegfried rätselte, ob die Sache mit dem Blasebalg schlichtweg Unfug war oder ob sich ein tieferer Sinn dahinter verbarg, aber trotz intensiver Reflexion waren ihm bei der Enträtselung des Blasebalgs keine großen Fortschritte gegönnt. Es mußte sich ja doch nur um das blödsinnige Gemurmel einer alten Frau handeln, dachte Siegfried, schlürfte ein paar Löffel von Oma Sterzingers Suppe, stellte die Suppenschüssel auf den Nachttisch zurück und stieg vorsichtig aus dem Mahagonibett der Alten, was ihm sofort heftige, stechende Schmerzen oberhalb der Augen tief in den ganglischen Windungen seines Schädels verursachte. Es kostete ihn große Mühe, sich auf den alten zerkratzten Küchenstuhl neben dem Fenster zu schleppen. Dort fiel ihm auf, daß überall auf dem Fenstersims getrocknete Pflaumen herumlagen. Einige waren fest auf vergilbten Greißlerzettelchen aufgetrocknet, andere sahen schon aus, als ob sie im Laufe der Wochen, während der sie dort gelegen waren, allmählich in die gelbstichige, in Kurrentschrift beschriebenen Greißlerzettelchen eingewachsen waren. Die Vermischung der Werbeaufschriften mit den Additionsexempeln des Dorfgreißlers und den Aufschriften der Oma Sterzinger, mit Tintenblei in dekorativem Kurrent gekringelt, ergab seltsame Kombinationen. »Alma-Käse, genau das. Lintschi-Tante Geburtstag. Karl Meier 17. 6. 1905, ein Liter Milch, zwei Äpfel, Bichelbauer-Leich übermorgen …« (mit letzterem war offenbar ein Begräbnis gemeint). Am Fensterkreuz lagen verschiedene Postkarten, teilweise schon älteren Datums, herum. Der Küchenkasten, welcher die gesamte Breitseite der Küche ausfüllte, war vollgefüllt mit goldbeschrifteten, in naivem Stil kolorierten alten Kaffeehäferln (»Gruß aus Mariazell« und ähnliches) sowie Untertassen und Kuchengabeln aus Silber. Neben der hölzernen Abwasch, deren roter Warmwasserhahn lediglich der Dekoration dienen mußte, weil er zeit seines Existierens nie funktioniert hatte, stand eine alte Anrichte mit einer Standuhr. Schräg vis-à-vis glühte ein alter Universalofen, die konzentrischen, kreisrunden Herdringe sahen aus wie die Jahresringe jener Holzstämme, die durch sie von oben in den Ofen eingeschoben wurden, eine bemerkenswerte Analogie, schien es Siegfried. Die Oma Sterzinger verfügte über ein fotografisches Gedächtnis und an alle ihre Erinnerungen hatte sie eine kleine Lebensweisheit gebunden. So führte sie sozusagen ihre Erinnerungen an der langen Leine ihrer höchstpersönlichen Interpretationen und Kommentare spazieren. Aber welche Erkenntnis sie aus diesem Fall beziehen würde, blieb ihr noch verborgen. Dieser spindeldürre, sensible Bub, an der Schwelle zum Erwachsenen, dieser Mannbub also, der unglückliche Sohn seiner Eltern, der doch mit ihnen kaum eine Eigenschaft gemeinsam hatte, diese aus der Art geschlagene hautblasse, nach männlichem Schweiß riechende Eigentümlichkeit, aschfahl und bleich, dieser trotz seiner Hagerkeit körperliche Dominanz ausübende Verzweiflungstäter, dieser baumlange, blondhaarige Selbstbeschädiger, er war ihr ans Herz gewachsen. Ja, sie mochte ihn, sie saß jetzt gern neben ihm, strich ihm mit ihrem alten Waschlappen über die schweißnasse Stirn, massierte seine kalten Füße mit ihren kastanienbraunen, knochigen Fingern, blickte in seine dunkel-düsteren Mannbubenaugen. »Du mußt es nehmen, wie es kommt. Was andere dir angetan haben, haben sie selbst zu verantworten.« Sie sprach leise, überlegt, jeden neuen Gedanken mit einer kleinen, ruhig geführten Handbewegung einleitend, die durch Kastaniensaft gebeizten Finger ihrer Hände halbkreisförmig gegeneinander führend, eine harmonische, bedächtige Bewegung, die damit abschloß, daß sich die korrespondierenden Fingerspitzen beider Hände sanft anstubsten, mit Ausnahme des gekrümmten kleinen Fingers eine gänzlich abgeschlossene, kegelförmige Faltung vollführten, eine überlegte, zelebrierte Teilfaltung ihrer nußgebeizten, empfindsamen, unterkühlten Knochenhände, welche sie so abschätzig als »Nußpranken« titulierte. Die Oma Sterzinger also faltete ihre Nußpranken, strich Siegfried mit dem verfilzten, lauwarmen Waschlappen über die Stirn und sagte: »Bub, du mußt wieder nach Hause zurückgehen. Du wirst deine Schule fertigmachen, deine Matura ablegen und deinen Weg gehen.« Siegfried hob zunächst resignierend, wie abwehrend seine Hand, dann aber schaute er der alten Oma Sterzinger in ihre hellblauen Wasseraugen. So sehr er sich auch dagegen auflehnte. Er hatte keine Wahl.

## 12. DIE MASSE

Er konnte nicht sagen, wann das ursprüngliche Bewußtsein wieder zurückgekehrt war. Später vermutete er, daß es die wasserblauen Augen der alten Sterzinger gewesen waren, die ihn ins Leben, in die erste Bewußtseinsebene zurückgeschickt hatten. Er kehrte zurück in das Haus seiner Eltern, es gehörte jetzt zur Konkursmasse. Vom Elternhaus war es über Nacht zum Masse-Haus geworden, denn es war bereits zur Versteigerung ausgeschrieben, in großen Schlagzeilen konnte man es in der Lokalzeitung lesen, »Kadenbach-Haus steht zur Versteigerung.« Jeder wußte über das Schicksal der unglücklichen Kadenbachs genau Bescheid, und die Affäre in der Kirche war im ganzen Ort für mehrere Tage das bevorzugte Diskussionsthema geblieben. In der Tat war es erstaunlich, wie rasch und »elegant« der Pfarrer den Kadenbach-Buben abserviert hatte, den Buben, der immer schon geglaubt hatte, er sei was Besseres. Man sprach viel über die Kadenbachs, die jetzt ein scheinbar unerschöpfliches Reservoir an Skandalgeschichten darstellten, eine pikante Sensation jagte die andere, und so brachten die Unglücklichen unfreiwillig ein Unterhaltungsprogramm dar. Barbara, die ihre Schwangerschaft nun auch nicht mehr länger verbergen konnte, mußte für ihr Kind unweigerlich einen Vater namhaft machen, und als bekannt wurde, daß es Hubert Kadenbach war, verbreitete sich im ganzen Ort eine Art euphorische Abscheu, die sich mit der aggressiven Empörung der selbsternannten Dorfmoralisten kombinierte. Hubert Kadenbach war praktisch von einem Tag auf den anderen vom geachteten Bürger, den man beneidete, aber auch insgeheim fürchtete, zur Null geworden. Selnitzky hatte ihm die Schlüssel zu den Fabrikstoren abgenommen, die Eingangstüren versiegeln lassen und ihm verboten, die Mühle jemals wieder zu betreten. Schließlich hatte er ihm auch das Auto konfisziert, sodaß Hubert fortwährend an der Stätte seiner Schande bleiben mußte, mitten im Ort, von empörten Ex-Mitarbeitern umgeben, die um ihren Lohn bangten. Seine Frau lebte mit ihm in Scheidung, der Buchhalter wurde schon ein paar Tage vor dem Zusammenbruch nicht mehr im Ort gesehen und hatte sein Zimmer im Dorfgasthaus hastig, aber ohne großes Aufsehen geräumt. Nur der Masseverwalter Selnitzky mit seiner hochgestochenen Assistentin war von Zeit zu Zeit im Büro anzutreffen. Die Jagdpacht in Ellend und ein Blockhaus am Kretzenberg waren das einzige, was Hubert Kadenbach – durch die Unkenntnis Selnitzkys – noch geblieben war. Aber er ahnte, daß ihm auch diese letzte Zufluchtstätte nicht mehr lange bleiben würde.

Es wunderte niemanden, daß Hubert den tiefen Absturz, die Vernichtung seiner Existenz, die innerhalb von wenigen Tagen wie im Zeitraffer inszeniert worden war, nicht verkraften konnte. Kein Mensch hatte daher damit gerechnet, daß Hubert angesichts so katastrophaler Lebensumstände weiterhin im Dorf bleiben würde. Allgemein wurde angenommen, daß die ganze Kadenbach-Familie entweder Selbstmord begehen oder auswandern würde. Doch nichts dergleichen geschah, die Kadenbachs blieben im Ort, auf diese Weise ununterbrochen mit ihrer Schande konfrontiert, ohne eine Fluchtmöglichkeit zu ergreifen, die sich zweifellos bei einigem Willen hätte finden lassen. Bereits acht Tage nach dem Bekanntwerden von Barbaras Schwangerschaft wurde – nach einer lediglich halbstündigen Verhandlung – Charlotte von Hubert geschieden. Natürlich lag das alleinige Verschulden bei Hubert, der Sachverhalt war ja klar, Hubert leugnete nicht, an der Schwangerschaft des ehemaligen Dienstmädchens wesentlichen Anteil gehabt zu haben. Als schuldloser Teil bekam Charlotte das Sorgerecht für den noch minderjährigen Siegfried zugesprochen. Siegfried weigerte sich, sein Mittelschulstudium abzubrechen, so wie es von Hubert und Charlotte gefordert wurde, weil er wußte, daß die Fortsetzung seiner Ausbildung die einzige Chance war, um ein vollständiges Abstürzen zu vermeiden. Wenn er jetzt aufgeben würde, würde er nie mehr die Kraft für einen Neubeginn aufbringen. Es schien ihm daher unter den gegebenen tristen Umständen noch am sinnvollsten, so rasch wie möglich in die Großstadt zu übersiedeln und dort gemeinsam mit seiner Mutter eine neue Existenz aufzubauen. Siegfried würde die fehlenden Klassen Handelsakademie in der Stadt nachholen, für Charlotte würde sich schon irgendwo ein »Posten« als Buchhalterin finden.

Aber was dann nach der Scheidung passierte, überraschte, ja verblüffte alle Beteiligten, die aktiven wie die passiven Beobachter, also praktisch das ganze Dorf, und bereicherte das Kadenbach-Drama um eine weitere Komponente: Charlotte verließ noch am Tage der Scheidung das zur Versteigerung stehende Haus, war jedoch trotz der inständigen und verzweifelten Bitten Siegfrieds nicht dazu zu bewegen, in die Großstadt zu übersiedeln. Er hatte mit der Kraft guter Argumente versucht, sie zu überreden, aber seine logische Argumentation fruchtete nichts, denn aus Gründen, die sie nicht preisgab und die sich Siegfried nicht erklären konnte, wollte Charlotte in der Nähe des Desasters bleiben. Siegfried konnte sie letztlich nicht motivieren, sich in die schmerzlindernde Anonymität der Großstadt zu flüchten. Charlotte, unerbittlich gegen sich selbst und vor allem Siegfried, der nicht nur mittellos, sondern auch noch minderjährig war und ihr daher aufgrund des Sorgerechts bis zur Volljährigkeit auf Gedeih und Verderb ausgeliefert war, zog in eine kleine Gemeindewohnung im Nachbarort und forderte Siegfried auf, ihr dorthin zu folgen. Aber Siegfried weigerte sich und blieb im Haus, obwohl er wußte, daß er dort nicht bleiben konnte.

Tatsächlich war das Kadenbach-Haus sehr schnell verkauft, was jeden überraschte, ausgenommen den Dr. Selnitzky. Der Kaufpreis war nicht sehr hoch, aber das Zigfache des Buchwertes und außerdem beträchtlich höher als im Schätzgutachten angegeben. Siegfried und Hubert wurde eine Frist von einer Woche gesetzt, um das Haus zu räumen und an den neuen Besitzer zu übergeben. An einem Dienstagmorgen, ein paar Tage vor Weihnachten, fand Siegfried in der Küche einen ungeöffneten Einschreibebrief vom Handelsgericht Altenstätt. Er lag ungeöffnet am Küchentisch. Hubert hatte zwar den Erhalt bestätigt, aber das Schreiben nicht geöffnet. Seit dem Absenden des Schreibens war bereits mehr als eine Woche verstrichen. Das Schreiben war zwar an seinen Vater adressiert, betraf ihn selbst aber genauso. Lange überlegte er, ob er ein Recht hatte, den Brief zu öffen. Als sich Siegfried schließlich entschloß, den Brief aufzumachen, tat er es aus der gerechten Überzeugung heraus, daß er die Grenzen seiner Leidensfähigkeit erreicht hatte. Nach dem Maßstab, den er selbst an sein Leben setzte, und aus einer »gerechten« Empfindung heraus war er davon überzeugt, daß es jetzt genug sein mußte mit den plötzlichen, eruptiven Schicksalsschlägen. Siegfried riß das Kuvert an der Seite auf, holte tief Luft, atmete dann ruhig durch, versuchte ein innerliches Lächeln, sammelte all seine Sinne, mit der Arglosigkeit, wie sie nur jenen ein wenig tolpatschigen Pubertierenden eigen ist, die – obgleich noch in kindlicher

Empfindung – bereits an der Schwelle zum Erwachsenen stehen. Und so kam es, daß ihn der neuerliche Schlag heftig und ins Zentrum seines Selbst traf. Das Schreiben enthielt die amtlich-lakonische Aufforderung, daß das Haus bis zum Jahresende zu räumen sei. Das Haus sei versteigert worden und der neue Besitzer, eine Export-Import-Firma, würde es am ersten Jänner in Besitz nehmen. Obwohl Siegfried zweifellos derjenige war, der von dem Inhalt des Schreibens am meisten betroffen war, hatte das Handelsgericht das amtliche Schreiben nur an den Vater gerichtet. Siegfried, der noch minderjährig war, existierte in dieser Angelegenheit im juristischen Sinn überhaupt nicht. Das Schlimmste stand ihm also noch bevor. Gleich nach Weihnachten, in ein paar Tagen schon, würde Siegfried obdachlos sein.

Zur selben Zeit fand im Ortsgasthaus von Ellend eine außerordentliche Sitzung des Jagdausschusses statt. Öllinger, Kasper und Heidenreich, die drei Jagdgranden, im Ortsmund oft scherzhaft »die heiligen drei Könige« genannt, sowie vier weitere Mitglieder des Jagdausschusses hatten sich im Extrazimmer des Gasthofs in Ellend auf den besten Plätzen des Stammtischs plaziert und warteten auf die erlauchten Herren Jagdpächter. Die sieben Mitglieder des Jagdausschusses waren die mit Abstand größten Grundbesitzer im Ortsbereich von Ellend. Dahinter rangierte bereits Hubert Kadenbach, genauer gesagt war dies so bis zum Konkurs, denn jetzt besaß Kadenbach – jeder wußte das im Ort – überhaupt nichts mehr, abgesehen von dem Recht, in dem über tausend Hektar großen Gebiet die Jagd auszuüben. Schon immer war das Jagdrecht eines der größten Privilegien im Ort gewesen. Wer es besaß, der gehörte zur Elite, zur dünnen, handverlesenen Führungsschicht des Ortes.

Hubert spürte schon beim Eintreten in das »Extrazimmer« des Dorfgasthauses, daß etwas in der Luft lag. Es schien, als ob alle der anwesenden Wirtshausbesucher einschließlich des Wirts darum bemüht waren, ihre Beziehung zum Bankrotteur Kadenbach neu zu definieren, und man sah es ihnen an, wie ihnen dieses Umgruppieren gesellschaftlicher Strukturen zu schaffen machte. Keiner von ihnen war bisher mit einer so extremen Veränderung des Dorfgefüges konfrontiert gewesen. Sicherlich, es war schon vorgekommen, daß einmal ein Bauer paar Joch Grund verspielt hatte. Vor kurzem war sogar einem Dorfbewohner das gesamte Haus abgebrannt und der Unglückliche war plötzlich von einem Tag auf den anderen vor dem Nichts gestanden. Einem anderen Mitglied der Dorfgemeinschaft war die Frau davongelaufen, einfach in den Zug gestiegen und im krassen Gegensatz zu den mehrheitlichen Prophezeiungen der Schnapskartenrunde im Wirtshaus nicht wieder aufgetaucht. Natürlich lieferten all diese Ereignisse den Gesprächsstoff für viele Tage, einige Zeit später tauchten sie als aufgeputzte Geschichten in phantasievollen Variationen auf, durchsetzt von flachgeistigen Analysen und moralisierenden Interpretationen. So bildeten sie die Substanz für den Dorftratsch von Wochen, ja sogar von Monaten, in einer Zeit, die an Ereignissen nicht gerade reich war und in der das Fernsehen in das entlegene Tal von Ellend erst vereinzelt nach und nach vordrang, mit Hilfe von meterhohen Dachantennen, die im permanenten Kampf gegen die dauernden wetterbedingten Störungen standen, die sich in Rauschen, Bildläufen und Bildschatten vielfältigster Art bis zu gelegentlichen Totalausfällen manifestierten, was vor allem bei Gewitter und Schneefall besonders lästig war. Die Dorfgemeinschaft nahm Anteil an dem Schicksal jedes einzelnen, ja sie mußte es sogar tun, denn jeder einzelne war mit dem anderen unweigerlich konfrontiert, sie trafen in regelmäßigen Abständen zusammen, wenigstens zu Fixpunkten, wie beim Kirchgang am Sonntag und beim Schnapsen im Gasthaus am Samstagabend. Man war gezwungen, miteinander sein »Auskommen« zu finden, und daher fand sich auch beinahe immer wieder ein Weg, soziale Veränderungen zu berücksichtigen. Dem Kleinhäusler, dem voriges Jahr das Haus abgebrannt war, hatten alle im Dorf geholfen. Denn es war das ungeschriebene Gesetz des Dorfes, daß jedem, der unverschuldet in Not geraten war, Hilfe anzutragen war. Selbst Hasardeuren wie dem Hinteregger-Bauern, der bei einem einzigen Besuch des Altenstätter Spielcasinos in einem Anfall von jugendlichem Übermut Haus und Hof verspielt hatte, brachte man ein Mindestmaß an Achtung entgegen. Er wurde allerorts, als der blamable Vorfall bekannt wurde, ohne viel Umschweife nach dem Muster vorangegangener Ereignisse als der Typ »leichtsinniger Depp« erkannt, und so war er von diesem Zeitpunkt an mit diesem Etikett in der Ortsgemeinschaft positioniert. Für gewöhnlich blieb einem eine bestimmte Punzierung für sein ganzes Leben, denn in der Enge und Begrenztheit des Dorfs geht nichts verloren, und die Geschichte von der im Casino verspielten bäuerlichen Existenz hatte zwar in all den Jahren an Aktualität und Frische verloren, aber sie war noch nach zwanzig Jahren nicht vergessen. Die dörfliche Gemeinschaft war unerbittlich und allgegenwärtig, aber sie gewährte in der Regel »Absolution« für läßliche Sünde. Niemand wäre auf die Idee gekommen, dem Hinteregger-Bauern den Platz im Wirtshaus streitig zu machen, weil er Haus und Hof im Casino verspielt hatte. Aber noch lange würde man ihn damit aufziehen und der Ruf des leichtsinnigen Deppen würde ihm sein ganzes Leben lang bleiben. Aber dieser Kadenbach! Wie sollte man so einen Fall behandeln, zumal es einen solchen noch nie gegeben hatte. Hier war einer buchstäblich von ganz oben nach ganz unten gestürzt, von der Spitze der gesellschaftlichen Pyramide war dieser unglückliche, gottverdammte Mensch nun auf die Nullposition gefallen und sogar der alte Zöcherl Fritz, ein notorischer Trinker, arbeitslos und mehrfach wegen Diebstahls vorbestraft, stand höher als dieser Herr Fabriksbesitzer, dieser superschlaue Geschäftemacher, dieser arrogante Emporkömmling, der hinter jedem Rock her war, der Mercedesfahrer, der Kapitalist, der nichts arbeitete, aber jeden dritten Wettbewerb im Bauernschnapsen gewann. Viele noch konnten sich an seine absurden Streiche erinnern, denn in einem Dorf geht nichts verloren, ein Dorf ist geschichtsbewußt, Dorfbewohner haben ein gutes Gedächtnis, Sinn für Tradition, Bewußtsein für Vergangenes. Dorfgeschichten wachsen schnell und üppig.

## 13. DAS FESTMAHL

Kadenbach und sein Freund und Jagdkumpan Heidenreich hatten sich mit den Besuchern des Gasthauses in Ellend so manchen bösen Scherz erlaubt, der bösartigste und gemeinste aber war allen im Gasthaus in Erinnerung geblieben, obwohl er schon lange zurücklag. Kadenbach und Heidenreich kommen an einem Samstagabend im Juli ins Gasthaus, beide in der Loden-Adjustierung des Jägers, leicht angesäuselt – offenbar hatten sie bereits Zwischenstation im Nachbarort gemacht – in bester Alkohol-Laune stellen sie ihre Schrotflinten in die Ecke beim Stammtisch, nehmen ihre Rucksäcke ab: »Zwei Krügel Bier und neue Schnapskarten!« Einer der am Nachbartisch sitzenden Männer, er ist Arbeiter in der Fabrik Kadenbachs, grüßt seinen Arbeitgeber höflich, »Weidmannsheil, Herr Chef! Darf ich fragen, ob Sie etwas geschossen haben?« »Draußen im Wagen liegen zwei Dutzend Hasen, zwanzig Fasane, ein Fuchs und eine ... « »Nichts verraten, Edgar!«, unterbricht ihn Kadenbach. Plötzlich von einem seiner verrückten Einfälle gepackt, flüstert er seinem Freund etwas ins Ohr, worauf beide in schallendes Gelächter ausbrechen. Dann steht Kadenbach auf und richtet eine improvisierte Ansprache an die Wirtshausgäste. »Liebe Freunde. Herr Heidenreich und meine Wenigkeit haben heute wirklich großes Jagdglück gehabt und wir möchten euch daher alle zu einem Wildessen einladen. Herr Heidenreich, der ja, wie ihr alle wißt, ein ausgezeichneter Koch ist, wird, das Einverständnis unseres Wirts vorausgesetzt, gleich damit beginnen, das frische Wild in der Gasthausküche zuzubereiten. In einer Stunde sind wir fertig, bis dahin lade ich euch alle auf einen Umtrunk ein, können auch mehrere Runden sein, wenn's sich nicht vermeiden läßt. Ich hoffe, auch du bist damit einverstanden, Ferdinand«, schloß Hubert seine Ansprache und zwinkerte dem Wirt zu. »Geht in Ordnung«, sagte dieser, »wenn anständig getrunken wird, stelle ich euch die Küche selbstverständlich gratis zur Verfügung.« Kadenbach und Heidenreich tragen daraufhin ihre Rucksäcke aus den Kofferräumen ihrer Autos in die Gasthausküche, alsbald waren die Speisen zubereitet und serviert und schon nach kurzer Zeit waren die Wildbretspezialitäten unter den Lobpreisungen und Schmeicheleien der Eingeladenen restlos aufgegessen. Alles wurde aufgegessen, »auf Putz und Stingel«, nichts blieb übrig, die Dorfbewohner hockten satt und zufrieden mit ihren Gratisbieren und Gratisvierteln im Gastzimmer, über dem immer noch der zarte Bratenduft der schußfrischen Wildtiere lag, einige stocherten in selbstzufriedener Hingabe mit ihren Zahnstochern zwischen den Zähnen herum, um auch die letzten Muskelfasern der Köstlichkeiten ihrem Verdauungstrakt zuzuführen, überall satte Zufriedenheit, begleitet durch angeregte Unterhaltung im Wirtszimmer, summa summarum eine Bombenstimmung, von Fall zu Fall verhaltenes Rülpsen, die Attribute eines überaus erfolgreichen Abends. Mit Ausnahme von Kadenbach und Heidenreich, sie hatten das Mahl selbst zubereitet, hatten alle am Festschmaus teilgenommen. Da öffnet sich die Tür zur Küche und Heidenreich bringt ein großes Tablett mit den Resten eines Kadavers. Auf dem Tablett liegt der komplette Kopf einer Katze, der Größe nach zu urteilen stammt er von einem ziemlich großen Hauskater, daneben die Pfoten und der Schwanz sowie das dunkelgraue Fell des Tieres. Körper und Innereien des Tieres fehlten jedoch gänzlich. Der große schwarze Kopf des Katers, er stammte offenbar von einer verwilderten Hauskatze, lag in einer dünnen Blutlache, die gelben Katzenaugen starr geöffnet. »Werte Gastgesellschaft«, eröffnete Kadenbach feierlich in die plötzliche Stille hinein, »das sind die kümmerlichen Reste unserer köstlichen Mahlzeit. Sollten diese beim sehr geehrten Publikum noch weiteres Interesse finden, so wird es uns eine Ehre sein, sie euch aufzuwärmen.« Ungläubiges Erstaunen, gepaart mit blankem Entsetzen, jemand versucht ein verlegenes Kichern, verstummt jedoch sofort, als es einer nicht mehr zur Toilette schafft und sich auf den Wirtshaustisch übergeben muß. Unter dem schallenden Gelächter Kadenbachs und Heidenreichs springen zwei weitere »Festgäste« auf und laufen auf die Toilette, wenig später folgt noch ein Nachzügler. Er übergibt sich in das Bierglas des Nachbarn, nachdem er sekundenlang wie hypnotisiert auf das Erbrochene des Vorläufers gestarrt hatte. Das Entsetzen ist real, die Demütigung der Anwesenden und der scharfe Geruch des Erbrochenen löst weitere Sprints zur Toilette aus, dann folgt urplötzlich eisige Stille, sodaß Kadenbach und Heidenreich das Lachen im Hals gefriert, und jetzt müssen sie blitzartig erkennen, daß es kein guter Scherz war, ihren Gästen eine alte Hauskatze ins Wildessen zu mischen. »Ferdinand, eine Runde Schnaps«, sagt Kadenbach zum Wirt, aber nach und nach stehen alle auf, keiner sagt ein Wort, sie verlassen das Gasthaus grußlos. Einige, die nicht in Kadenbachs Mühle beschäftigt sind, können ihren Zorn über die erlittene Demütigung nur mehr mühsam unterdrücken. Kasper, der Ortsvorsteher, ballt die Fäuste, spuckt vor Kadenbach und Heidenreich auf den Boden und droht mit belegter Stimme, aber gefährlich leise: »Das wird euch noch leid tun.«

## 14. DIE JÄGER

Jetzt, mehr als zehn Jahre danach, wußte Hubert, daß er die Rechnung für den Katzenschmaus würde zahlen müssen. Der Zeitpunkt war gekommen, an dem man an ihm Rache nehmen würde. Aber er würde es ihnen nicht so leicht machen. Wahrscheinlich haben sie gehofft, ich käme überhaupt nicht zur Jagdpächterversammlung, dachte Kadenbach, dann wäre es ihnen ein Leichtes gewesen, ihn abzusetzen. Natürlich wollten sie ihm die Jagdpacht wegnehmen, das einzige, was ihm noch verblieben war. Aber es war nicht seine Art, kampflos aufzugeben. Er mußte untergehen, das wußte er, denn er war nicht mehr tragbar für dieses Dorf. Man konnte ihn nicht mehr integrieren, wie all die anderen, die ausgerutscht waren, denn er war aus zu großer Höhe abgestürzt, hatte sich verhaßt gemacht, er war ein hoffnungsloser Fall für die Dorfgemeinschaft. Er mußte untergehen, auf spektakuläre, dramatische Weise, so wie es sich für einen Hubert Kadenbach gehörte, so wie es zu ihm paßte, zu einem Mann, der keine Kompromisse kannte, immer das härteste Spiel gespielt hatte, das äußerste Risiko gesucht hatte. Keiner der Anwesenden grüßte ihn, aber jeder beobachtete ihn mit angespannter Konzentration, der Geräuschpegel im Gasthaus senkte sich sofort spürbar, als Hubert eintrat, keiner gab zu erkennen, daß er Hubert wahrgenommen hatte, nur Heidenreich nickte ihm nervös zu. Zum Entsetzen der Jagdgesellschaft und zur Verwunderung aller ging Hubert direkt auf den Stammtisch der Jäger zu, obwohl der Platz, der üblicherweise für Hubert Kadenbach bestimmt war, diesmal besetzt war. Der Mann, der auf Huberts Platz am Pächterstammtisch saß, war Mitte Vierzig, an die einsneunzig groß, hatte eine Stirnglatze und trug eine runde

Nickelbrille. Er sah nicht wie ein Landbewohner aus, sondern eher wie ein städtischer Intellektueller, vielleicht ein Anwalt oder ein Arzt, dachte Hubert. Die übrigen Plätze waren wie gewöhnlich vom Jagdleiter Öllinger, Heidenreich, dem größten Bauern im Ort, Kasper, dem Ortsvorsteher Magister Maier, dem Apotheker, dem Gemeindearzt Dr. Lederer und dem Sägewerksbesitzer Aigner besetzt. Jahrelang habe ich mich um die Jagd gekümmert, im Winter habe ich tonnenweise Futter für das Wild finanziert, die neue Hütte am Kegelspitz habe ich gratis aufgestellt, jahrelang habe ich von allen Pächtern finanziell am meisten in die Jagd gebuttert und jetzt setzt man so einen Lackaffen aus der Großstadt auf meinen Platz, durchzuckte es Hubert. »Kadenbach«, rief Kasper dem heranstürmenden Hubert zu, »wir haben eigentlich nicht erwartet, daß du heute kommst, aber wenn du schon da bist, so sollst du wissen, daß du nicht mehr Jagdpächter bist, an deine Stelle tritt der Dr. Neumayr aus Altenstätt.«

Es ging so schnell, daß alle verblüfft waren, sogar Hubert selbst. Hinterher erzählte man sich verschiedene Versionen, aber es bestand kein Zweifel, daß der heranstürmende Hubert den schweren Eichentisch mit einer solchen Wucht in die Ecke gestoßen hatte, daß Kasper und Öllinger keine Chance mehr hatten, aufzuspringen und von dem Tisch in halbsitzender Position gegen die holzgetäfelte Wand des Stammtisches geschleudert wurden, und daß Hubert, außer sich vor Wut, zum Entsetzen aller, den schweren Wirtshaustisch einige Male ruckartig wie einen Rammbock gegen die Wand stieß, wobei Kasper – obwohl schon vom ersten Anprall verletzt, es schaffte, noch rechtzeitig vor dem zweiten Aufprall über den Tisch zu springen. Öllinger jedoch saß zu weit in der Mitte der Sitzecke. Er konnte nicht mehr aufspringen und wurde immer wieder von der Kante des Tisches getroffen. Während er schließlich bewußtlos mit gebrochenen Rippen liegenblieb, stürzten sich drei Männer, darunter der verletzte Kasper, auf den rasenden Hubert und schlugen mit Fäusten und Getränkeflaschen auf ihn ein. Hubert packte Kasper beim Hals, wurde jedoch von einer leeren Bierflasche am Kopf getroffen und etwa gleichzeitig traf ihn der wuchtige Fausthieb Kaspers, der Huberts Unterlippe aufplatzen ließ und zwei Zähne aus der Wurzel brach. Einer der drei Männer trat ihm ins Knie, sodaß Hubert hinfiel und einige weitere Schläge einstecken mußte. Selbst als er bereits das Bewußtsein verloren hatte, traten sie noch auf den am Boden liegenden Hubert ein. Der Wirt, der offenbar um sein Mobiliar fürchtete, brüllte verzweifelt: »Die Gendarmerie kommt jeden Augenblick, hört sofort auf!« Zwei halbwüchsige Burschen, die sich beim Kampf auffallend im Hintergrund gehalten hatten, schleiften den bewußtlosen Kadenbach brutal zur Tür und riefen: »Der kommt uns hier nie mehr wieder herein.« Die angekündigte Gendarmerie kam überhaupt nicht, weil sie der Wirt in der Aufregung gar nicht gerufen hatte, aber etwa eine Viertelstunde nach der Schlägerei fuhr die Rettung mit Blaulicht vor, im selben Moment als Hubert (möglicherweise durch die Sirene des Rettungswagens) aus seiner Bewußtlosigkeit erwachte. Hubert schaffte es gerade noch, sich im Halbdunkel des Wirtshausaufgangs hinter einem Holzstoß zu verstecken. Der mit Rippenbrüchen und einer Lungenquetschung schwerverletzte Öllinger wurde indessen von der Sanität ins Krankenhaus nach Altenstätt gebracht.

Mit einer blutenden Platzwunde am Kopf, aufgeplatzter Unterlippe, zwei ausgebrochenen Zähnen, einigen angeknacksten oder gebrochenen Rippen, zahllosen Prellungen und Quetschungen, aber trotzdem noch außer sich vor Wut über die Schmach, die man ihm angetan hatte, war Hubert nach Hause gewankt. Am Küchentisch lag der Brief des Handelsgerichts. Er erkannte sofort, daß er geöffnet worden war. Auch ohne den Brief geöffnet zu haben, hatte Hubert gewußt, was drin stand. Aber erst jetzt war es für ihn zur unumstößlichen Gewißheit geworden, daß er sein Haus verlieren würde, denn hier stand es jetzt schwarz auf weiß. Angesichts dieser schrecklichen Tatsache empfand er eine ungeheure Demütigung, die seine Wut erneut anfachte. Außer sich stürmte er in das Schlafzimmer des Buben und riß den schlafenden Siegfried aus seinem Bett. »Warum hast du den Brief aufgemacht. Du Idiot, du Pfaffenbub, du ...« Plötzlich, mitten im Satz, am Höhepunkt seiner Beschimpfungen, brach Hubert ab, stockte, versuchte neuerlich ein Durchstarten, aber es gelang nicht, er schaffte es auch beim dritten Versuch nicht, an seine wutvolle Energie wieder anzuknüpfen, und obwohl er ganz von selbst, nur dem Impuls der ungedämmten Aggression gehorchend, begonnen hatte, so fühlte er sich jetzt noch während des Ausstoßens des ersten Satzes, inmitten der ersten Eruption auf den Bruchteil einer Sekunde wie gelähmt, mangels Antriebs war er gehindert, weiterzumachen, es war ihm, als hätte er etwas zuviel gesagt, als hätte er den Grenzfluß überschritten, sozusagen einen Krampf im Eiswasser seines Wutschwalls erlitten, der ihn jetzt arg zusammenkrampfte, es kam für ihn vollkommen unerwartet, verblüffte ihn über alle Maßen, sodaß er sich über sich selbst verwundern und vor sich schämen mußte, seiner ganzen cholerischen Energie im Bruchteil einer Hundertstelsekunde verlustig gegangen, vollkommen fassungslos mit seiner eigenen Unzulänglichkeit konfrontiert, mühsam nach Gleichgewicht stotternd, mit rasenden Schmerzen am Kopf und im Brustkorb, stand er jetzt vor seinem Sohn und wußte nicht, wie es so weit gekommen war. Während Hubert jetzt seine Schmerzen spürte und sich allmählich zu fassen bekam, erlebte Siegfried das Ganze immer wieder, es lief wie in Zeitlupe ab, einmal, zweimal, dreimal, wie oft wußte er dann nicht mehr, aber es kam ihm schon merkwürdig vor, daß er sich an das Hereinstürmen seines Vaters erinnerte, obwohl er zu diesem Zeitpunkt noch geschlafen hatte. Mit Schrecken stellte er fest, daß seine Erinnerung noch weiter zurückreichte, denn er hatte auch das Eintreffen des Vaters vor dem Haus wahrgenommen, (aber er hatte doch geschlafen ...), er wußte sich an alle Einzelheiten zu erinnern, sah das ungeschickte Suchen Huberts nach dem Haustorschlüssel, nein, weiter vorher hatte es schon begonnen, denn Siegfried erinnerte sich, obwohl er doch im Schlaf gelegen war, daran bestand kein Zweifel, ganz bestimmt war es so gewesen, im Bruchteil der Hundertstelsekunden, wieder und immer wieder, daß Hubert das Wirtshaus verlassen hatte, sich fürchterlich geschlagen hatte, er sah, wie drei Männer mit Fäusten und Getränkeflaschen auf Hubert einschlugen. Aber das mußte sich ereignet haben, während er noch geschlafen hatte, es war vor seinem Aufwachen gewesen und lag somit außerhalb des Möglichen, dachte Siegfried. Er konnte es nicht wahrgenommen haben, aber dennoch wußte er in jenem Augenblick, als Hubert ihn aus dem Schlaf gerissen hatte, daß es so gewesen war, so gewesen sein mußte. Schon vor dem Aufwachen war Siegfried im Bilde, er wußte schon vor diesem Ereignis, was passieren würde. »Kann in einem Augenblick, an der Schwelle zwischen Traum und Wirklichkeit, die Zeit rückwärts laufen?« wunderte sich Siegfried. Hubert stand immer noch, schwer atmend, im

Raum. Aber die Schmerzen seiner Verletzungen setzten jetzt so schlagartig ein, daß sie ihm die Energie für seine Wut augenblicklich entzogen. Siegfried stand neben dem Bett, er hatte die Fäuste geballt, daß die Fingerknöchel weiß hervortraten. »Ich werde nie mehr zu dir zurückkehren. Du bist nicht mehr mein Vater«, flüsterte er in die Dunkelheit. Dann schob er Hubert aus dem Zimmer und schloß sorgfältig die Tür. Es war etwas Unheimliches, Bedrohliches in Siegfrieds sanfter, behutsamer Bestimmtheit. Siegfried zog sich an, ging auf den Hochstand am Kretzenberg und wartete die ganze Nacht bei klirrender Kälte auf die Morgendämmerung. Er war so aufgewühlt, daß er nicht einschlafen konnte, und nur den insistierenden Qualen seines Bewußtseins verdankte er, daß er am nächsten Morgen noch am Leben war.

## 15. HEIDENREICH

In der Morgendämmerung nach der durchlittenen Nacht machte sich Siegfried auf den Weg zu Oma Sterzinger. Erschöpft und fiebernd taumelte er zur Tür hinein, er spürte das Pochen seines Herzschlags bis in die Augenhöhlen. Siegfried fing an zu reden, er redete und redete unablässig und die alte Sterzinger hörte ihm die ganze Zeit zu, ohne ihn auch nur einmal zu unterbrechen. Sie kochte ihm einen Kräutertee und gab ihm drei alte, teilweise schon verschrumpelte Äpfel, die an den fauligen Stellen mit einem spitzen Messer ausgeschnitten waren. »Du wirst deine Ausbildung abschließen und die Matura machen. Bis dahin kannst du bei mir am Dachboden wohnen.« Noch am selben Tag ging er zur Mühle, um seine Sachen zu holen. Hubert lag fiebernd im Schlafzimmer, war jedoch bei Bewußtsein. Er leistete keinen Widerstand, als Siegfried seine Sachen in einen Reisekoffer aus Kunstleder packte. Fortan hauste er auf dem Dachboden der alten Oma Sterzinger. Immer wieder stieß er gegen den rußigen Holzbalken und das alte Gerümpel, das dort angesammelt war.

Die spektakuläre Schlägerei im Gasthaus von Ellend blieb tagelang das bestimmende Thema, nicht nur in Ellend und den benachbarten Dörfern, die Kadenbach-Affäre hatte sich sogar bis in die etwa zwanzig Kilometer entfernte Kleinstadt Altenstätt durchgesprochen. Ein Redakteur einer Regionalzeitung recherchierte die Geschichte, frisierte sie etwas auf und brachte sie groß aufgemacht als Titelstory mit einem Meuchelphoto von Hubert, das ihn als martialisch aussehenden, schwerbewaffneten Jäger vor einer riesigen Strecke von toten Tierkadavern präsentierte. Es war offensichtlich, daß es sich um eine private

Aufnahme handelte, die von einem Jagdfreund Huberts nach irgendeiner Treibjagd aufgenommen worden war. Siegfried, der bereits durch die Affäre in der Schule und in der Kirche schwer angeschlagen war, mußte jetzt auch öffentlich die Schande seines Vaters mittragen. Durch den multiplikativen Effekt des Zeitungsartikels erweiterte sich die traurige Berühmtheit und die zweifelhafte Prominenz der Kadenbach-Familie auf den gesamten Bezirk. Siegfried würde mitten im Winter sein Zuhause verlieren. Auch seine Schulausbildung war fraglich geworden, denn Siegfried konnte weder von Hubert noch von Charlotte jene bescheidenen Mittel aufbringen, die zur Fortsetzung seines Studiums erforderlich gewesen wären. Nach wie vor war das Schreibmaschinen-Problem ungelöst. Ein weiteres Problem war der geplante Schulschikurs im Jänner. Der Kostenbeitrag von achthundert Schilling sollte innerhalb der nächsten zwei Wochen eingezahlt werden. Sollte es ihm nicht gelingen, den Betrag bis zum Fälligkeitstermin aufzubringen, so würde er seine Teilnahme absagen müssen, vermutlich als einziger, wodurch er sich dann endgültig ins Abseits stellen würde. Er hatte große Angst davor, die neuerlichen Herausforderungen nicht durchzustehen. Je angestrengter er darüber nachdachte, desto hoffnungsloser erschien ihm seine Lage. Selbst wenn es ihm gelingen würde, die achthundert Schilling irgendwie zu beschaffen, der Betrag reichte bloß für die Unterbringung und das Essen im Jugendheim, für eine gelegentliche Jause oder für ein Getränk würde er zusätzlich noch mindestens zweihundert Schilling benötigen, schließlich war in den Wintersportorten alles wesentlich teurer als zuhause. Mit seinem verschlissenen Anorak und den Schiern mit Federzugbindung, die aussahen, als hätte er sie von einem alten Heimatmuseum geborgt, würden sie ihn sowieso auslachen.

Ein paar Tage später war Weihnachten. Die alte Sterzinger hatte nicht einmal einen Weihnachtsbaum. Aber am Abend zündeten sie eine Kerze an, eines jener billigen Windlichter, die in einem Glasmantel standen, damit man sie – zumeist zu Allerheiligen – auf Gräber stellen konnte. Es war dunkel, nur der Schein der Kerze flackerte, draußen regnete es, es kam keine Weihnachtsstimmung auf, aber die alte Sterzinger blickte aus ihren Augen wasserblau in das Gesicht des Buben, und sie kauten getrocknete Pflaumen. Sie schmeckten süß, einige davon waren aber schon faulig.

Am Weihnachtstag räumten sie das alte Gerümpel aus der Dachkammer. Siegfried ging, um Kohlen für Oma Sterzingers Dauerbrandofen bei Heidenreichs Tankstelle zu holen. Heidenreich war von Beruf Landwirt, aber er hatte erst vor kurzem eine Tankstelle gebaut oder so etwas Ähnliches, denn er handelte außerdem mit Kohlen, Holz und Koks. Sein Büro bestand bloß aus einer schäbigen Baracke und vier Zapfsäulen, je eine für Diesel, Benzin und Superbenzin sowie einer handgemischten Benzin-Öl-Mixtur für Mopeds, die man mit einer kleinen Hebelpumpe in einen durchsichtigen Zapfbehälter mit Markierungen pumpen mußte. Die Tankstelle war erst seit ein paar Wochen in Betrieb und der Geschäftsgang war alles andere als gut. Heidenreich ärgerte sich, daß er den Weihnachtstag in seiner Zapfsäulenbaracke verbringen mußte. Die Leute von der Mineralölfirma hatten ihm eingeredet, daß eine Tankstelle das ideale Zusatzgeschäft für einen Landwirt sei. Und daß die Errichtung der Tankstelle für Heidenreich mit keinerlei Kosten verbunden war, steigerte seine anfängliche Sympathie für die Idee beträchtlich. Es war alles so einfach gewesen: Das Grundstück, auf dem die Tankstelle errichtet wurde, gehörte ihm, die Zapfsäulen und die Baracke hatten ihm die staatliche Mineralölfirma aufgebaut, und da er nur der Pächter war, hatte er tatsächlich beinahe keine Kosten. Sogar den Treibstoff konnte er denen drei Wochen schuldig bleiben. Und was die Bedienung der Tankstelle anbelangte, so machte sich Heidenreich schon gar keine Sorgen. Jeder, der die Tankstelle benutzte, würde sich selbst bedienen und dann nach erfolgtem Auftanken einfach die Klingel drücken und Heidenreich würde von seinem nur wenige Meter entfernten Bauernhof herüberlaufen und nur mehr das Inkasso vornehmen. Am Anfang funktionierte die Idee der Selbstbedienung ja noch recht gut, bis Heidenreich eines Tages bei der Treibstoffabrechnung feststellen mußte, daß nicht alle, die getankt hatten, auch geklingelt hatten. Und seitdem saß er, sich mit seiner Frau abwechselnd, bei der Tankstelle und spielte mit sichtlichem Widerwillen die Rolle des Tankwarts.

»Komm rein, Siegfried«, sagte Heidenreich. Siegfried setzte sich auf den zweiten Sessel in der Baracke. »Kannst du mir zehn Minuten aufpassen, Bub. Ich muß gschwind etwas erledigen.« Siegfried wußte wie jeder im Dorf: Heidenreich war mit seiner komischen Tankstelle »eingefahren«, er war das Opfer seiner eigenen Knausrigkeit geworden. »Geht in Ordnung, ich vertrete Sie ein paar Minuten.« Heidenreich stapfte zufrieden aus seiner Baracke, war aber kaum um die Ecke gebogen, als ein roter Sportwagen zur Zapfsäule rollte. »Superbenzin, volltanken«, rief der Fahrer, ein sportlicher Mann Mitte Dreißig, und warf Siegfried lässig die Schlüssel zu. Siegfried füllte den Tank und putzte sorgfältig nicht nur die vordere, sondern auch die hintere Windschutzscheibe. Siegfried kontrollierte den Ölstand und füllte etwas Wasser mit Scheibenwaschmittel nach. Er war so nervös, daß ihm beim Schreiben der Rechnung ein Fehler unterlief, sodaß er sie zum zweiten Mal schreiben mußte. Heidenreichs Handkasse bestand lediglich aus einer Schublade am alten hölzernen Schreibtisch, in die er das Geld einfach hineinwarf. Die Sorglosigkeit, mit der Heidenreich mit seinem Geld umging, paßte so überhaupt nicht zu seiner angeblichen Knausrigkeit, wunderte sich Siegfried. »Bloß keinen Fehler beim Herausgeben machen«, dachte Siegfried, als er das Wechselgeld das zweite Mal nachzählte. »Das ist für dich, Bursche.« Der Sportwagenfahrer warf eine Zehnschillingmünze auf den Schreibtisch. Siegfried konnte es nicht fassen. Innerhalb von nur fünf Minuten hatte er zehn Schilling verdient. Während er noch rechnete, kamen zwei weitere Kunden gleichzeitig. Der Bauer mit dem Traktor tankte sich selbst und wollte sich von Siegfried nicht helfen lassen, aber schon der andere gab ihm wieder Trinkgeld, zwar nicht so viel wie der Sportwagenfahrer, aber immerhin. Als Heidenreich nach eineinhalb Stunden von seiner Erledigung zurückkam, die von ihm für bloß zehn Minuten angekündigt worden war, hatte Siegfried zweiundvierzig Schilling Trinkgeld verdient. Zu seinem großen Erstaunen stellte er fest, daß er in einem einzigen Tag schon etwa ein Zwanzigstel von dem Geld verdient hatte, das er für die Teilnahme am Schikurs benötigte. Heidenreich überprüfte die Kassa und zeigte sich zufrieden. Er war Bauer mit Herz und Seele und das Herumhocken in der stickigen, engen Baracke der Tankstelle ging ihm schwer auf die Nerven. Nach einer längeren Nachdenkpause sagte er plötzlich: »Hast du Lust, mich von Zeit zu Zeit zu vertreten? Zahlen kann ich dir natürlich nichts, aber das Trinkgeld darfst du behalten. Und die Kassa muß peinlich genau stimmen. Eventuelle Fehlgelder mußt du selber zahlen.« Siegfried konnte vor Aufregung kaum atmen, geschweige denn antworten. »Na, was sagst du dazu, Siegfried«, setzte Heidenreich ungeduldig nach. Natürlich war es ihm bewußt, daß sein Angebot nicht gerade großzügig war, eigentlich war es illegal, Schwarzarbeit ohne Sozialversicherung, ein typisches Heidenreich-Angebot eben. Aber Siegfried sagte, nachdem er seine Stimme wieder gefunden hatte: »Einverstanden, Herr Heidenreich. Wenn Sie wollen, komme ich jeden Tag nach der Schule, also am Nachmittag um zwei, an Sonntagen ganztägig, mit Ausnahme der letzten Februarwoche, da ist Schulschikurs.« Siegfried streckte ihm die ausgestreckte Hand hin, und Heidenreich schlug ein. »Also ist es fix ausgemacht«, krächzte Siegfried, der in den letzten Tagen urplötzlich den Stimmwechsel bekommen hatte und seitdem abwechselnd mit hoher und tiefer Stimme vor sich hin krächzte. »Auf mein Wort kannst du dich verlassen, mein Bub!« sagte Heidenreich gönnerhaft, er freute sich, für den armen Kadenbach-Buben etwas tun zu können, irgendwie beruhigte es sein Gewissen, und jetzt brauchte er sich auch keine Vorwürfe mehr zu machen, daß er seinen Freund Hubert bei der Schlägerei im Stich gelassen hatte. »Ich wünsche Ihnen ein frohes Weihnachtsfest, Herr Heidenreich«, rief Siegfried und er rannte mehr als er ging, aufgeregt, glücklich, atemlos kam er angerannt bei der alten Sterzinger. Sie schlürfte gerade ihren heißen Zichorienkaffee, es stank nach angebrannter Milch, und als Siegfried bei der Tür hereinstürzte, murmelte sie, an diesem Weihnachtstag über ihr übliches Ausmaß verwirrt und offensichtlich doch schon etwas verkalkt: »Du hast einen Blasebalg im Mund, vergiß das nicht.« Atemlos erzählte er ihr von seinem neuen Job als Tankwart, der es ihm erlauben würde, die eineinhalb Jahre bis zum Schulabschluß durchzustehen. Die alte Sterzinger tauchte ihr altes Brot in den Zichorienkaffee. »Gleich nach den Feiertagen geh ich zum Postamt. Das Postfräulein...« (aus unerfindlichen Gründen verwendete sie immer diesen Ausdruck, obwohl die Postbeamtin, schon weit über fünfzig, schon seit Jahren verheiratet war) » ... hat einen Anschlag am Postamt ausgehängt. Sie möchte ihre Reiseschreibmaschine verkaufen. Die werden wir dir kaufen, mein Bub«, murmelte sie und zog mit spitzen Fingern die geronnene Milchhaut vom Kaffee. »Merk dirs, die Milchhaut ist das Beste am Kaffee.« Sie legte die geraffte Milchhaut auf den Kaffeelöffel, um sie genüßlich vom Löffel zu schlürfen, wobei sie ihre Lippen spitzte. »Wenn du einmal erwachsen bist, vergiß eines nicht: Bleib ein anständiger Mensch. Grins nicht so blöd. Glaub mir, so einfach ist das gar nicht. Magst ein paar Dörrpflaumen?« Siegfried faßte den knochigen Arm der alten Frau an ihren graublauen, selbstgestrickten Pulswärmern und legte ihre immer eiskalte Hand an seine Stirn. »Danke, Oma. Ich wünsch dir frohe Weihnachten.«

## 16. IM ZENTRUM

Von nun an arbeitete Siegfried jeden Nachmittag nach der Schule in der Tankstelle als Tankwart und auch alle Wochenenden hindurch. Und so schaffte er kurz vor Beginn des Schulschikurses die Einzahlung der erforderlichen achthundert Schilling. Mit dem Rest seines Arbeitslohns fuhr er mit der Eisenbahn nach Altenstätt und kaufte sich ein Paar neue Schi und einen Schianzug. Leider reichte das Geld nicht mehr für eine neue Schibindung, aber Siegfried war zuversichtlich, daß die Bindung seiner alten Schi den Schikurs noch überleben würde. Er kehrte zufrieden mit dem Nachmittagszug nach Ellend zurück und machte sich unverzüglich daran, die alte Schibindung herunterzunehmen und auf die neuen Schi zu montieren. Obwohl er für die fachgerechte Montage nicht das richtige Werkzeug hatte, entschloß er sich dennoch, die Bindung selbst auf die Schier zu schrauben. Als Werkzeug standen ihm bloß ein Schraubenzieher, ein Lineal und ein Hammer zur Verfügung, wobei sich letzterer zwar als zumindest effektvolles, jedoch für die Sache an sich ungeeignetes, ja geradezu unheilvolles Utensil herausstellte. Siegfried wußte noch nicht, daß ihm diese Tatsache in weiterer Folge noch mit schmerzhafter Deutlichkeit begreifbar werden sollte. Obgleich er schon einige Male mit der Tücke des Objekts in heftiger Konfrontation gestanden war, glaubte er mit der offenen Naivität des Jugendlichen an die Machbarkeit der Verhältnisse, an die unmittelbare Beeinflußbarkeit alles Dinglichen, an die Kraft der jugendlichen Dynamik, vor allem aber an das Prinzip der ausgleichenden Gerechtigkeit, welches in den Büchern, die er gelesen hatte, vor allem aber in den Prinz-Ehrenherz-Geschichten, eine zentrale Bedeutung einnahm. Er war in jeder Klasse mit Abstand der Jüngste, denn Charlotte hatte ihn bereits in die Volksschule geschickt, als er erst fünfeinhalb gewesen war. Der Direktor der Volksschule hatte ihn nur mit Vorbehalt akzeptiert, aber es stellte sich bald heraus, daß Siegfried einer der begabtesten Schüler war und bald zu den besten gehörte. Seit dem Konkurs, seiner sozialen Degradierung durch den Entzug des Oberministrantenstatus und der peinlichen Schlägerei seines Vaters im Dorfgasthaus betrachtete man ihn im Ort als einen armen Teufel, der einem nichts nützen konnte, dessen Gesellschaft man nicht suchte, der für die dörfliche Gemeinschaft schlichtweg überflüssig, ja wertlos war. Dazu kam, daß jeder glaubte, sich mit ihm ungestraft ein paar kleine Späßchen erlauben zu können. Eine tragische Gestalt war er, der noch dazu eigenartig geworden war, ein seltsamer Heini, der nicht richtig lachen konnte. Mit diesem komischen Kerl konnte man sich nicht einmal unbeschwert unterhalten, er hatte die Tendenz, alles zu verkomplizieren, man wurde aus ihm nicht schlau, man wußte nicht, woran man bei ihm war. Sinnlos war es, in diese tragische Existenz seine Zeit und Mühe zu investieren. Er hatte ein schlechtes Renommee, ein lausiges Benehmen, kein Moped, er hatte nichts zu bieten. Er war nachlässig gekleidet, wusch sich die Haare nicht, lud niemals jemanden auf ein Bier oder wenigstens ein Cola ein, schaute dauernd finster in der Gegend herum. Nur noch einmal, als sie sich zufällig beim Postamt getroffen hatten, hatte Traude, sei es aus Mitleid, sei es aus übermütigem Spaß, versucht, mit diesem Kerl einfach ein unbeschwertes, nettes Gespräch zu führen, aber Siegfried war nichts Dümmeres eingefallen, als dauernd seine krausen philosophischen Ansichten zu diskutieren. Jedenfalls hatte es sich Siegfried teilweise selbst zuzuschreiben, daß er außerhalb der Gesellschaft stand, ja es konnte sogar sein, daß er diese Außenstellung, diesen Sonderstatus unbewußt anstrebte, denn er bewahrte ihn vor jenen schmerzhaften Verletzungen, die für den komplexen Prozeß des Heranwachsens typisch und unvermeidlich waren. In seiner speziellen Situation waren die pubertätsbedingten Probleme jedoch noch um ein Vielfaches schmerzhafter, denn es fehlte ihm die gesellschaftliche Basis. Mit Recht war er der Meinung, daß er ausreichend gelitten hatte, und natürlich wollte er keine weiteren Schmerzen mehr ertragen müssen, was in Anbetracht der besonderen Umstände, in denen er sich befand, ein eher bescheidenes Anliegen war und daher das uneingeschränkte Verständnis der Allgemeinheit verdient hätte. Aber so sehr er es auch versuchte: Es war ihm, einem Dreizehnjährigen, nicht gelungen, sich aus den Ereignissen seines höchstpersönlichen Umfelds gänzlich herauszulösen.

Auch eine tragische Figur wie Siegfried muß einmal den Weg ins Dorfgasthaus finden. Eines Tages hatte er all seinen Mut zusammengenommen, aber es wurde ihm schon sehr bald bewußt, daß er besser zuhause geblieben wäre. Bei seinem Eintreten ins Dorfgasthaus wurde es augenblicklich still, sodaß es noch deutlicher auffiel, daß keiner seinen Gruß erwidert hatte. Was sollte er jetzt tun? An der Stehbar war kein Platz mehr frei, alle standen dicht gedrängt, keiner machte Anzeichen, für ihn Platz zu machen, sodaß er sich nirgendwo hinstellen konnte. Überall nur die spöttischen Gesichter der meist älteren Burschen, verhaltene Mißbilligung, aber keine offene Opposition. Er wurde ungeniert angeglotzt, aber nicht angesprochen, niemand attackierte ihn, offenbar war er für die Burschen nicht einmal mehr geeignet, eine Zielscheibe für Aggression darzustellen. Für die weiblichen Besucher schien er überhaupt nicht vorhanden zu sein. Keines der Mädchen wollte den Anschein erwecken, als wäre es an dieser tragischen Figur auch nur im mindesten interessiert. Siegfried spürte, wie das unheilvolle Gefühl, das er empfand, langsam von innen nach außen kroch. Er war sicher, daß jetzt jeder seine Verzweiflung deutlich spüren konnte, aber obwohl sein Verstand auf Hochtouren arbeitete, fand er kein Mittel, um der allgemeinen Ächtung zu entgehen. In der Mitte des Saales war noch ein einziger Tisch frei. Die Tische in der Mitte bleiben immer frei, weil derjenige, der sich an diesen Zentrumspunkt setzt, sich nicht verteidigen kann, dachte Siegfried. Es war ihm klar: Würde Siegfried sich an diesen Tisch setzen, so würde man ihn nicht mehr ignorieren können, er würde zwangsläufig Reaktionen provozieren müssen. Vielleicht würden sie ihn provozieren, hoffte Siegfried, und es würde zu einer Schlägerei kommen. Eine solche Art der Eskalation wäre einfach und außerdem noch ehrenhaft. Auf diese Art würde er wenigstens seinen ungeheuren Frust abwerfen können, auch wenn er wußte, daß er keine Chance hatte, zu gewinnen. Aber das Risiko, daß man ihn weiterhin einfach ignorieren würde, war hoch, und deshalb blieb ihm nur der geordnete Rückzug, aber es durfte keinesfalls wie Flucht aussehen. Davonlaufen ist ein jämmerliches Mittel, um einer aussichtslosen Situation zu entgehen. Sie würden ihn auslachen ... Siegfried blickte ins Gastzimmer und betrachtete jeden einzelnen, Blick für Blick. Dann drehte er sich langsam um und ging. Erst als er bei der Tür draußen war, bemerkte er mit großem Erstaunen, daß niemand gelacht hatte. Ich werde erst dann wieder in dieses Gasthaus zurückkehren, wenn ich dafür einen ausreichenden Grund habe und wenn ich stark genug bin, jede einzelne dieser Figuren zu besiegen, schwörte sich Siegfried bei seiner Prinz-Ehrenherz-Ehre.

## 16. DIE SCHRAUBE

Der Schikurs wurde ein Desaster für Siegfried. Schon bei der ersten Abfahrt stürzte er mit seinen neuen Schiern, was weiter nicht tragisch gewesen wäre. Als er jedoch aufstehen und weiterfahren wollte, bemerkte er, daß die Bindung sich beim Sturz vom Schi gelöst haben mußte, denn der Oberteil der Bindung war nicht mehr am Schi befestigt, er lag etliche Meter weiter oben im Schnee. Wie lange dauert es, bis man seine Schi und die einzelnen Teile der dazugehörigen Bindung eingesammelt hat, während der Lehrer und die Schulkollegen mit wachsender Ungeduld warten, weil sie nach der endlos langen Busfahrt endlich, endlich schifahren wollen? Es dauert unverhältnismäßig lange, es ist für Siegfried auf absurde Weise so demütigend, daß seine Mitschüler aus der Situation heraus geradezu gezwungen sind, die Situation als äußerst komisch zu empfinden. Er kriecht auf allen Vieren im Schnee, sucht nach einer fehlenden Befestigungsschraube, aber diese bleibt trotz verzweifelter Suche verschwunden. Das verhaltene Amüsement der Kollegen schlägt allmählich in Ärger um. Siegfried, halt uns nicht auf, liest er in den ungeduldigen, gereizten Gesichtern seiner Kollegen. Natürlich, wieder der Siegfried, der Unglücksrabe. Ironie kann brutal sein, aber wenn man sie zu seinen höchstpersönlichen Lasten empfinden muß, mutiert sie zum blanken Zynismus. Das Vorbestimmte hat an ihm, dem Aufsässigen, der gegen die Macht des Faktischen revoltieren wollte, ein »Revanchefoul« begangen. Aus diesem Zusammenhang heraus war es daher geradezu zwingend logisch, daß das neue Sportgerät, daß die Kette des Schicksals an ihrer schwächsten Stelle gerissen war. Die Bindung war gebrochen. Die Verbindung der Bindung mit dem Schi hatte sich gelöst. Der einzige Teil der gesamten Schiausrüstung, den Siegfried selbst montiert hatte, hatte ihn im Stich gelassen. Er hatte den Fehler seinem ungebremsten Ehrgeiz zuzuschreiben, er allein hatte die Verantwortung zu tragen. Trotz seines enormen Arbeitsaufwands, der in keinem vernünftigen Verhältnis zum Ergebnis stand, war sein Werk letztlich gescheitert. Von all denen, die an diesem Schikurs teilgenommen hatten, hatte er am schwersten gearbeitet, denn es war ihm wichtig gewesen, daß alles wirklich funktionierte, viel wichtiger als es all seinen Schulkollegen gewesen war. Er wollte ein neues Sportgerät besitzen, ein Ding, das sein Image verbessern und seinen Status heben sollte. Sein Ansinnen war so lächerlich in seiner Durchschaubarkeit. Über ein Konsumobjekt wollte er ein bißchen mehr Ehre ergattern, er trachtete danach, nicht mehr der letzte zu sein, er weigerte sich beharrlich, die Position des Untersten einzunehmen, die Nullposition, die er nicht akzeptieren wollte, weil sein Vorrat an Ehrgeiz und Eitelkeit viel zu groß war, zu überdimensioniert war im Vergleich zu dem, was sein höchstpersönliches, ihm zugewiesenes Schicksal ihm an Demut und Bescheidenheit abverlangen konnte. Er war für sein Schicksal nicht gebaut, sein Übermaß an Ehrgefühl war eine Fehlkonstruktion. Siegfried Kadenbach würde sich anpassen müssen, aber noch hatte er seine Lektion nicht gelernt, und so würde er noch viele Lehrstunden abarbeiten müssen. Er war seiner Vorbestimmung noch nicht adäquat geworden, er konnte ihr keine würdige Entsprechung geben, er wollte die zugedachte Rolle nicht spielen, seine Position im Universum wollte er heimlich verlassen, Charakter und Schicksal lagen im Krieg miteinander, hatten kein harmonisches Verhältnis zueinander entwickeln können. Das war die Erklärung dafür, warum gerade ihm, der so viel auf sich genommen hatte, um das anfänglich Unmögliche möglich zu machen, das Schicksal die Grenzen des Machbaren demonstrieren mußte, die statische Unverrückbarkeit des Vorherbestimmten und die Lächerlichkeit der menschlichen Willenskraft. Die monatelange Tankstellenarbeit war umsonst gewesen, weil Siegfried ein Konkursist war und weil das Schicksal für einen Konkursisten, der ja den Archetypus des Versagers darstellt, kein Erbarmen hat, kein Verständnis aufbringen darf. Für Konkursisten, die schlimmste Spezies der Versager, gibt es keinen Platz an der Theke des Gasthauses daheim in Ellend, das wußte er bereits.

Jetzt bekam er eine weitere Lektion: Auch hier im fashionablen Wintersportort gibt es keinen Platz für solche Leute, hier brauchte man keine armen Teufel, die nur den Platz verstellen und die Berge mit ihrem widerlichen Dialekt beleidigen. Seine hochstaplerische Maskierung hatte sich gerächt. Das schwächste Glied der Kette ist gerissen und das gleich zweimal: bei Siegfrieds Schi und in der Gruppe der ostösterreichischen Schüler, auch hier hat es den schwächsten erwischt. Mit faszinierender Sicherheit hat das allezeit fehlerfreie Schicksal ihn, den unverschämten Hochstapler seiner Lebensumstände, identifiziert und zur Strecke gebracht, auf elegante Weise unschädlich gemacht. Die Bindung hatte die Bindung verweigert. Die Materie hatte sich der Macht des Vorherbestimmten, des Faktischen, unterwerfen müssen.

Immer noch warten die Schulkollegen, einer murmelt halblaut, »Typisch, der Siegfried, der Unglücksrabe.« Siegfried schultert die Schi, steckt die Bindung und die zu wenigen Schrauben in die Tasche seines neuen Anoraks und lächelt, aber es wird ein trauriges Lächeln, es löst unangenehme Gefühle aus. »Ich gehe nachhause«, Siegfried versucht, lässig und überlegen zu wirken, aber klingt da nicht irgendwo am Ende des Satzes das Aufschluchzen eines dummen kleinen Kindes durch? Aber du wirst doch nicht weinen, Siegfried. Um Gottes Willen, nur nicht weinen, hämmert es in seinem Hirn, du unglücklicher, verlassener Clown, du unfreiwilliges Kind, weine jetzt nicht, sonst verlierst du den Rest von Selbstwert, was bist du denn für ein Jammerlappen, so benimmt man sich nicht, wenn man ein Mann sein will. Nur jetzt niemandem zur Last fallen, Rückzug, Flucht, schleunigst verschwinden, heraus aus dem Zentrum der Scham, wenigstens nicht mehr die Ursache für ein allgemeines Ärgernis sein. Ich bin es, Siegfried Kadenbach, das personifizierte Unglück, und ich werde mich jetzt entfernen von euch, ich entschuldige mich bei euch, ich habe mich überschätzt, ich sollte mich schämen, und glaubt mir, ich entschuldige mich mit all meiner Kraft. Glaubt mir, ich würde mich sofort in Luft auflösen, wenn ich dazu fähig wäre, aber es fehlt mir an Brillanz für einen würdigen Abgang. So bleibt nur das unbeholfene Hinunterstaksen durch den Tiefschnee am Rand der Piste, und die Schischuhe sind hart und man kann mit ihnen nicht gehen, denn sie sind die erste Generation von Plastikschischuhen, und Siegfried ist ein Schischuh-Pionier, ein unfreiwilliger Testpilot für eine »sensationelle neue Schischuhgeneration«. Aber das weiß er ja noch nicht, der unfreiwillige Komiker. »Wie weit ist es bis zu unserer Herberge?« fragt er kühn, ja das macht Eindruck, das muß doch Eindruck machen, aber keiner seiner Kollegen mag einen tölpelhaften Prinz Ehrenherz, der nicht einmal lachen kann. Lustig wollen die Burschen sein und Spaß wollen die Mädchen haben, und wenn der Herr Professor ein bisserl Aufmerksamkeit zeigt, dann weiß man, daß man seine weiblichen Reize schon hat.

»Nur acht Kilometer, aber das ist doch ein Kinderspiel«, lacht Siegfried, sein Gesicht ist wieder so eigentümlich verzerrt, nicht einmal ordentlich lachen kann er mehr. »Wir sehen uns später in der Herberge, ich mag eh nimmer schifahren.« Das Jugendheim liegt zwei Ortschaften weiter, mehr als zehn Kilometer entfernt, aber das hat er während der Busfahrt nicht bemerkt. Erst jetzt, beim Nachhausegehen, wird er zu spüren bekommen, wie weit das ist. Und so muß er sich ganz rasch umdrehen, weil ihm die verfluchten Tränen ins Gesicht steigen. Und er hört noch, wie der Lehrer fragt, ob er denn überhaupt den Weg wisse, aber er kann sich jetzt nicht mehr umdrehen, denn die Tränen sind nicht mehr aufzuhalten, und Siegfried Kadenbach, das kleine Bubi, muß jetzt dauernd schluchzen.

Und so geht er los mit seinen neuen Racing-Schischuhen, die Sonne brennt herunter, aber er hat keine Sonnenbrillen, denn Sonnenbrillen haben nur Weiber auf und er ist ein Mann oder will jedenfalls einer sein. Daß man mit den Schischuhen gar nicht gehen kann, nimmt er nicht zur Kenntnis, denn das wäre unlogisch und zuviel des Guten, oder besser gesagt des Schlechten, muß er sich schon wieder korrigieren (er weiß noch nicht, daß er das an diesem Tag noch oft tun wird müssen). Wenn man mit den Schiern nicht fahren kann, weil die Bindung nicht richtig montiert wurde, scheint ihm das ja noch logisch, aber daß man mit den Schischuhen nicht gehen kann, so was Blödes gibt's doch gar nicht, kann es gar nicht geben. Die Straße ist für Autofahrer gebaut, nicht für Fußgänger, das hätte dir schon auffallen müssen. Ja, es gab verdammt wenig Fußgänger, und der Gehsteig war an manchen Stellen verschwunden, viele Busse hupten ihn an, fuhren gefährlich nahe an ihm vorbei, was ist denn das für ein Irrer, der auf der Bundesstraße, auf der verkehrsüberfluteten Verbindungsstraße zwischen den Ortschaften mit Schischuhen spazierengeht? Busse und Autos begegneten ihm mit jungen Leuten, die sich alle schon »irrsinnig« aufs Schifahren freuten, so wie er es kaum noch erwarten hatte können, in der Tankstelle, bei seinem Wochenenddienst, als er sich vorgestellt hatte, wie er über die schneeweißen Pisten mit seinen neuen Wunderschiern hinunterrasen würde, er war ja ein guter Schifahrer, und das war es ja, was er so gerne hätte beweisen wollen. Er verfügte über ausreichendes Können, exzellente Kondition, eine neue, schicke Schiausrüstung ... Sogar das Wetter wäre optimal gewesen.

Er geht weiter, obwohl seine Füße nach und nach anschwellen und bald sich die Haut abschabt an den Fersen und vorne am Rist, nach und nach auch an anderen Stellen, bald schon platzen die Blutblasen auf und jeder Schritt tut weh. Jetzt ergibt sich eine gute Gelegenheit, wo er zeigen kann, daß er schon ein Mann ist, denn ein Mann geht weiter, sicherlich spürt auch ein harter Mann den Schmerz, aber er ignoriert ihn. Ja, Siegfried gibt schon zu, daß die Augen flimmern, das muß er wohl oder übel konzedieren, aber er hatte keine Sonnenbrille auf wie diese degenerierten Städter auf der Schipiste, ein richtiger Mann schmiert sich keine Sonnencreme ins Gesicht, schon gar nicht auf die Lippen, auch wenn sie jetzt aufspringen, aber das sind Kleinigkeiten, die jetzt wenig kümmern sollten. Weiter, immer weiter, ... Der Anorak ist zu dick, alles Kunststoff, aber dem Verkäufer in Altenstätt hatte er schon eine Freude gemacht damit, wahrscheinlich hätte er für diesen Polyester-Anorak in der Stadt keinen Käufer mehr gefunden, aber dieser junge Tölpel vom Land. »Hochmodisch, steht Ihnen ausgezeichnet, junger Herr ...«, hatte der Verkäufer gesagt und Siegfried wußte jetzt, warum der so gegrinst hatte.

Siegfrieds Puls rast, es wird ihm übel, er hält am Straßengraben an, muß erbrechen, hoffentlich hat ihn niemand dabei beobachtet, aber er erholt sich rasch und geht weiter und die Ortstafel ist ja schon in Sicht. Nur noch ein paar hundert Meter ... ein Sportgeschäft. Siegfried stolpert atemlos hinein, mit der vertrauensvollen Naivität der Jugend schließt er noch von sich selbst auf die anderen und glaubt, daß die Frau im Sportartikelgeschäft ihm helfen wird. Dabei verstößt er gegen ein halbes Dutzend Regeln, die für das Benehmen in einem Fremdenverkehrsgebiet wichtig sind: Er ist verschwitzt, atemlos und schmutzig, er spricht Dialekt mit ostösterreichischer Färbung, was seinen Sympathiewert nicht gerade erhöht, er riecht nach Schweiß, hat schmutzige Fingernägel und schon seit Monaten keinen Frisiersalon von innen gesehen, er hat nicht die obligatorische Sonnenbrille auf, also kann er sich offenbar keine leisten, er ist jung, verdammt ehrlich und ziemlich naiv. Er weiß nicht, daß ein Sportgeschäft Profit machen muß und man genau das mit der Reparatur seines billigen Kaufhaus-Klumperts nicht kann, daß ein Sportgeschäft in einem Wintersportort mit solchen Sachen nur Ärger hat. Die arrogante, schwer parfümierte Verkäuferin stammt aus der Provinz, sie möchte ihren Job auch nächstes Jahr wieder bekommen, denn sie liebt den Rummel hier, die verrückten Discos, die braungebrannten Männer, die sie auf einen Drink einladen, ihr Komplimente zuflüstern, sie liebt das Einfache in perfekter Umrahmung, sie macht die äußere Form zum Inhalt ihres Lebens. Natürlich weiß sie, daß die Chefin nichts weniger mag als Reparaturaufträge, wo außer Ar-beit und Ärger nichts herausschaut. Solche Reparaturen bringen nichts, sie weiß das, sie ist schon lange im Geschäft, sie hat Menschenkenntnis, sie macht es sich einfach, sie beurteilt alle nur nach ihrem

Äußeren und damit hat sie sich nicht nur viel geistige Mühe beim Nachdenken, sondern auch schon viel Ärger erspart, denn sie will nichts weniger als Ärger und Komplikationen. »Möchten Sie nicht gleich ein paar neue Schier kaufen, junger Mann? Wir hätten hier welche im Angebot, als Set, Montage der Automatic-Bindung ist schon inbegriffen.« Wie gern würde er, der arme Siegfried, aber er weiß, daß seine Ersparnisse vom Tankstellentrinkgeld nicht einmal für die Reparatur ausreichen. »Könnten Sie die Schier bitte reparieren? Und bitte, was kostet das?« Wieder ein verheerender Fehler: Nie fragt man um den Preis einer absolut notwendigen Reparatur, man gibt sich sogleich als wahrhaft armer Schlucker zu erkennen. »Ich glaube nicht, daß eine Reparatur bei uns möglich ist, erstens ist unser Fachmann, der Toni, heute nicht im Dienst und zweitens haben wir nicht die Originalschrauben. Verstehen Sie, wir brauchen die O-rrr-i-g-i-n-a-l-schrauben, sonst reißt die Bindung gleich wieder aus und zu tief dürfen wir ja nicht bohren, sonst bremsen ja die Schrauben an der Lauffläche, nicht wahr«, kichert sie in der Überzeugung, daß ihr ein wahrhaft köstlicher Scherz gelungen ist. In der Disco würden sie sich unheimlich »abhauen«, wenn sie die Geschichte von diesem komischen Heini erzählen würde. Da zeigt Siegfried, daß er den langen Marsch doch nicht umsonst gemacht hat: Er dreht sich um und verläßt das Geschäft. Grußlos, aufrecht, stolz, wie es sich für einen Prinz Ehrenherz geziemet.

Abends, im Quartier, hat ihm dann der Lehrer die Bindung notdürftig repariert. Sie hielt immerhin zwei Tage, bis sie wieder ausriß. Als Siegfried sein Unglück das zweiten Mal erlebte, reagierte er beinahe mit Gelassenheit. Er mußte einen ganzen Vormittag in der Berghütte sitzen und den anderen beim Schifahren zuschauen, sodaß seine

Ersparnisse bald aufgebraucht waren, dem Hüttenwirt wurde er langsam lästig, aber er war härter geworden. Am Nachmittag kam der Lehrer mit einem Paar Ersatzschi. Sie hatten eine verblüffende Ähnlichkeit mit seinen alten Schiern, die er zuhause in Ellend im Keller von Oma Sterzingers Haus stehen hatte und derentwegen er sich so geplagt und geniert hatte, daß er sein ganzes schwerverdientes Geld ausgegeben hatte, um sich die neuen zu kaufen, die ihm eine bittere Lektion erteilt hatten. Als der Schikurs zu Ende war, hatte Siegfried mehr gelernt als nur schifahren, er war der Champion im Nicht-Schifahren geworden, und das ist eine Disziplin, die noch schwerer ist als ihr positives Gegenteil. Als er nach Hause auf seinen Dachboden zurückkehrte, kam er der Oma Sterzinger sehr viel älter vor.

## 18. KONKURSORDNUNG

Für Siegfried begannen schwere Zeiten. Das Schicksal forderte ihn heraus. Anscheinend alle Hebel in Bewegung setzend, um seinen Untergang zu bewerkstelligen, kooperierte es mit dem mächtigen Faktor des subjektiven Zeitempfindens. Die Zusammenarbeit der solcherart Alliierten schien Siegfried in die Knie zu zwingen. Die Zeit nahm sich zurück, sie schien langsamer zu laufen, verhöhnte ihn durch die monotone Qual jeder einzelnen Sekunde, jedes Tages, jedes Jahres. Siegfrieds Tagesablauf bestand im wesentlichen aus vier Segmenten, die sich regelmäßig wiederholten: Bahnfahren, Studieren, Arbeiten, Schlafen. Jeden Morgen zwang ein blechern rasselnder Alarmwecker sein Bewußtsein, welches über seinem im Zustand des hitzigen Schlafes zusammengekrümmten Körper schwebte, zur Rückkehr in das Gefängnis des Körperlichen. Selbst im Zustand des Schlafes mußte er die qualvollen Erlebnisse seiner jüngsten Vergangenheit, befreit von den Begrenzungen des Zeitlichen, wieder und wieder in wechselnden, bisweilen skurrilen Traumvariationen erleiden. Er fuhr jeden Morgen um halb sieben mit der Bahn nach Altenstätt zur Schule, dem Ort seiner täglich beweisbaren Schande, dort lernte er die Bestimmungen der Konkursordnung, er lernte die Bilanzen von Firmen zu lesen, er arbeitete den Konkurs empirisch auf, täglich analysierte er die Ursachen seiner Schande und seiner ökonomischen Minderwertigkeit, er tat es mit jener leidenschaftlichen Systematik, zu der nur jene fähig sind, die Schuld auf sich geladen haben, oder, wie in seinem Fall, denen die Schuld anderer aufgeladen worden war, was beides wohl der Ursache nach anders geartet war, aber nicht dem Ergebnis nach. Jeden Nachmittag fuhr er zurück nach Ellend, allein in seinem Abteil sitzend, er war ein Sonderling geworden, der seine Mitschüler durch seine krausen Ansichten mindestens verwirrte, nicht selten jedoch durch seinen skurrilen Zynismus vor den Kopf stieß. Man wußte nie, ob eine Äußerung von ihm ernst gemeint war oder ob sie im Scherz gemacht worden war, und so versuchte er das Problem zu lösen, indem er sich zur Gewohnheit machte, jene Bemerkungen, die er aus Zynismus und Bitterkeit heraus getätigt hatte, aber als solche nicht zweifelsfrei identifizierbar waren, durch ein Heben seiner Hand anzukündigen. Aber die Geduld seiner früheren Freunde war bald erschöpft, denn nach und nach war es für alle mit Sicherheit evident geworden, daß Siegfried ganz offensichtlich einen leichten »Hieb« bekommen hatte, aber nachdem man an ihm bald das Interesse verloren hatte, sein Konkurs an Neuigkeitswert nach und nach verlor und er sich ansonsten unauffällig verhielt, ließ man ihn sehr bald in Ruhe. Sie ließen ihn allein in seinem Abteil sitzen und beschäftigten sich nicht weiter mit ihm, sie gingen ihm aus dem Weg. Nach seiner Rückkehr nach Ellend ging Siegfried direkt vom Bahnhof zur Tankstelle und arbeitete bis zum Abend. Er war der einzige in der Klasse, der sich schon mit dreizehn Jahren seinen Lebensunterhalt selbst verdiente. Dann begab er sich in sein Dachzimmer bei der Oma Sterzinger, machte seine Aufgaben und lernte für die Matura. So verbrachte er pro Tag zwei Stunden im Zug, sieben Stunden in der Schule, fünf Stunden in der Tankstelle, weitere drei bis vier Stunden pro Tag büffelte er für die Matura. Und nachdem der entscheidende Zeitpunkt der Prüfung immer näher rückte, stieg auch der benötigte Zeitaufwand, den Siegfried zum Lernen brauchte, sodaß die verbleibende Zeit in der Regel nur mehr für wenig Schlaf ausreichte. Er schlief im Bett des verstorbenen Bahnhofsvorstandes Sterzinger, das aber an beiden Bettenden durch eine senkrechte Holzplatte begrenzt war. Nachdem das Bett jedoch für seine Körpergröße viel zu kurz war, gewöhnte er sich an, diagonal im Bett zu liegen, um dadurch wenigstens zeitweise die mehr und mehr sich verkrümmende Wirbelsäule zu entlasten. Während Siegfried seinen Lebensunterhalt in der Tankstelle verdiente, besuchten seine Schulkollegen in ihrer Freizeit die Tanzschule, trafen sich regelmäßig im Gasthaus, veranstalteten Feste, zu denen sie Siegfried, den »komplizierten Heini«, nicht mehr einluden, unternahmen gemeinsame Ausflüge, die Burschen wollten alle dasselbe Mädchen, und die Mädchen verliebten sich alle in denselben Popstar, so wie es sich in diesem Alter gehörte. Siegfried jedoch, so schien es, entwickelte seit dem katastrophalen Schiurlaub für all diese Dinge kein Interesse mehr, er arbeitete verbissen und mit einer rührenden Ernsthaftigkeit an der Verwirklichung seines Ziels, die Matura zu schaffen, um von Ellend weggehen zu können, weit weg, tausende Kilometer weit, in die Anonymität einer fremden Stadt zu flüchten, wo er dann ein Leben führen könnte, wie er wollte.

Hubert war nach seinem Desaster im Gasthaus in ein leerstehendes, halbverfallenes Bauernhaus außerhalb der Ortschaft gezogen, welches der Forstverwaltung gehörte, er wohnte dort illegal, was jeder im Dorf wußte, aber die Dorfbewohner weniger störte als amüsierte. Es war hochinteressant und faszinierend anzusehen, wie der ehemals erste Mann im Dorf sich mehr und mehr versoff, sich zum perfekten Idioten machte. Er verfügte über kein Einkommen mehr, und niemand verspürte den Wunsch, dem Ausgeschlossenen Arbeit zu geben. Nur Barbara besuchte ihn von Zeit zu Zeit, brachte etwas zu essen mit, steckte ihrem früheren Chef und Liebhaber ein paar Schillinge zu, schenkte ihm gelegentlich einen Doppelliter Grünen Veltliner aus dem neuen Supermarkt. Nachdem ihre Schwangerschaft bekannt geworden war, war sie von ihren Eltern von einem Tag auf den anderen vor die Tür gesetzt worden und fand Unterkunft in einem schmierigen Nachtlokal in Altenstätt, wo sie als Bardame arbeitete. Sie verlor ihr Kind durch eine Fehlgeburt im vierten Monat. Später heiratete sie einen Elektrikermeister und wohnte mit ihm gemeinsam in einem Gemeindebau in einem Nachbarort von Ellend, nicht weit entfernt von Charlotte Kadenbach, was von der Einwohnerschaft des Ortes mit heiterer Anteilnahme und glücklicher Schadenfreude beobachtet wurde.

Charlotte Kadenbach hatte schon nach kurzer Zeit begonnen, ein gänzlich anderer Mensch zu werden. Irgend etwas in ihr mußte eine große Sucht nach Selbstbestrafung ausgelöst haben, etwas Mächtiges, Unvermeidbares, Unüberwindbares war ihr zugestoßen, passierte ihr permanent. Ein gewisser Drang zur Selbstzerstörung war schon vor dem Konkurs und der Affäre mit Barbara dagewesen, aber seit diesen Ereignissen war dieser Charakterzug immer mächtiger und dominierender geworden, hatte Charlottes Denken und Handeln zusehends in Besitz genommen, ohne daß es ihr auch nur bewußt wurde. Die Symptome ihrer Gemütsstörung zeigten sich zunächst daran, daß sie begann, ihre eigenen Wünsche zu manipulieren, umzudeuten, zu verfälschen und schließlich ins Gegenteil zu verkehren. Natürlich war es ihr unmittelbarer, stärkster Herzenswunsch gewesen, aus der unerträglichen Demütigung und der sozialen Ächtung, in die sie Hubert gebracht hatte, zu entfliehen, und ihr natürlicher, »richtiger« Impuls war daher, so schnell wie möglich davonzulaufen, alles hinter sich zu lassen, ein neues Leben zu beginnen.

Härtling hatte ja ohnehin ein Auge auf sie geworfen. Sie war immer noch sehr attraktiv, es war ihr ein Leichtes, ihm zu gefallen. Gleich nach Ablauf seiner Kündigungsfrist, welche er zum Lachsfischen in Kanada genutzt hatte, fand er eine neue Position in der Geschäftsführung einer Wachsfabrik in Altenstätt. Dann hatte er einen bemerkenswerten Brief an Charlotte geschrieben, einen Brief, den ihm niemand zugetraut hätte, am allerwenigsten er selbst. Das Schreiben an Charlotte war vollgepfropft mit Poesie und kunstvoll durchzogen von romantisch-schwärmerischen Passagen. Das Schreiben enthielt ein Geständnis seiner Liebe zu Charlotte nebst einer inständigen Bitte, doch in die Stadt zu kommen, eine Wohnung sei bereits besorgt, und einen Job würde ihr Härtling auch noch verschaffen, wenn sie seine Frau werden würde. Es war zwar nicht exakt dasselbe, was Charlotte sich gewünscht hatte, aber jetzt hatte sie ihre Fluchtmöglichkeit, schwarz auf weiß. Sie bekam ihre Chance, die vielleicht die letzte sein würde, sogar schriftlich. Aber was tat Charlotte? Sie begann sich noch ein bißchen zu quälen und gab sich die Erlaubnis nicht, sie gestattete sich einfach nicht, aus ihrem entwürdigenden Dasein auszubrechen. Sie nahm eine Arbeit als Hilfsarbeiterin in der Textilfabrik an. Irgendwo in einem Hinterstübchen ihrer strapazierten, unergründlichen Gehirnwindungen keimte eine zerstörerische Opposition, die zu allem, was Charlotte wollte, was sie für sich selbst gut und wichtig fand, kategorisch »nein« sagte. Das war schon so gewesen, als sie noch ein Kind war, es »steckte« in ihr, es ergriff von ihr Besitz, es bahnte sich allmählich den Weg durch ihr Wollen und zerstörte langsam ihre Lebensenergie. Anfangs war »es« immer nur ein Aspekt geblieben, war im Hintergrund geblieben, eine latente Spielerei mit einem kleinen Spleen, eine geringfügige masochistische Komponente, ja man empfand es sogar als einen reizvollen »Charakterzug« einer jungen Frau, die attraktiv und begehrt war und deren selbstzerstörerische Tendenz immer wieder von der ihr wohlgesonnenen Umwelt korrigiert wurde, durch den »Nachfragedruck« der Männer, vor allem von der aufwärtsdrängenden Gestaltungskraft Huberts, des verrückten Kerls, der sie liebte, der sie in Bausch und Bogen begehrte. Aber seit die Zeit mit Hubert vorbei war, nach der Affäre mit dem Dienstmädchen, nach der sie endgültig Schluß gemacht hatte, in den Zeiten, als die Welt über ihr zusammenstürzte, verlor sie sich mehr und mehr aus ihrer Gewalt, indem sie ganz plötzlich aufhörte, dem selbstzerstörerischen Drang ihren Verstand entgegenzusetzen; sie konnte oder wollte jedenfalls nicht mehr »neutralisieren«, wie sie es früher instinktiv immer getan hatte, und ihre Umwelt hatte sich urplötzlich von ihr abgewendet, denn man wollte sie jetzt nicht mehr, ihr objektiver Marktwert fiel auf den Nullpunkt, dorthin, wo sie ihn insgeheim schon immer als für sich angemessen vermutet hatte. Und es gab keinen Hubert mehr, der ihre Umgebung dominierte, ihr den Weg freischaufelte für ihre kleinen Abenteuer der Selbstzerstörung. Von diesem Zeitpunkt an konnte sie ihre Destruktivität ungebremst und ungehindert entwickeln. Bald genügte es ihr nicht mehr, sich gelegentliche Wünsche zu verweigern, sie begann, ihr Denken und damit ihre Intelligenz zu zerstören. Mit verblüffender Geschwindigkeit verkümmerte ihr Sprachschatz, es blieb nur mehr jener kümmerliche Rest, der im Dröhnen und in der trostlosen Mechanik der Fabriksarbeit notwendig war, um die Schichtleistung auf Plan zu halten. Aus Worten wird

Schreien, aus ganzen Sätzen werden gerufene Wörter, ungezügelte Emotion beginnt die Komplexität der Sachlichkeit zu ersetzen, unterminiert die kritische Reflexion, die Umgangsformen verkümmern, die Entwicklung läuft nach rückwärts, vieles wird verdrängt, bald erinnert sie sich nur mehr verzerrt an ihre Vergangenheit als Unternehmerin, denn sie braucht nicht mehr mit ihren Geschäftspartnern zu telefonieren, muß sich nicht mehr verständlich ausdrücken, es muß bloß laut und heftig sein, die Form dominiert mehr und mehr den Inhalt, die Substanz verkümmert, die Wahrnehmung wird selektiv. Sie sieht nur mehr das, was sie sehen will, sie hört nur mehr das, was sie hören will, ringsum wird ein Stacheldraht um ihr Bewußtsein aufgebaut. Immer öfter vergißt sie aufs Denken, denn es lohnt sich nicht mehr, es bringt ja doch nur die Kollegenschaft gegen sie auf, sie soll um Himmels willen nicht so schnell arbeiten, sagt man ihr, sonst wird die Betriebsleitung die Normzeiten senken und »wir alle müssen es noch ausbaden, was du uns mit deiner Arbeitswut antust«, sogar der Betriebsratsobmann übt Druck auf sie aus. Ob sie denn auf den Vorarbeiter-Posten spitz sei? Schämen solle sie sich, den anderen wolle sie den Job wegnehmen, mit dem Abteilungsleiter wolle sie wahrscheinlich ein Verhältnis anfangen. Aber bitte um Entschuldigung, sagt sie. Immer wieder entschuldigte sie sich. Sie dachte, das könnte ja keinesfalls falsch sein. Und sie hatte recht: Gegen ihre Entschuldigungen hatte niemand etwas einzuwenden, sie gehörten zu den besten ihrer Art. Keine andere Frau konnte sich so entschuldigen wie Charlotte, ihre Selbstbezichtigungen gehörten zu dem Originellsten, was es in der Schichtarbeit zu hören gab, sie waren ein Leckerbissen für die Kollegenschaft und jeder hörte sie gerne, daher mußte sie sie immer öfter wiederholen und man mußte zugeben, sie hatte zweifellos einen Sinn für Dramatik, geradezu schauspielerisches Talent hatte sie, bald flossen ihre Tränen wie von selbst. Sie hätte das natürlich nicht gewollt, sie würde sich ab sofort mehr anpassen, selbstverständlich gerne werde sie sich anpassen, sie werde sich zu benehmen lernen, wie eine Fabriksarbeiterin sich zu benehmen hat, sie werde nicht mehr aus der Reihe tanzen, ja, sie werde das grauweißfette Bauchfleisch essen und die Frittatensuppen auslöffeln und dabei – jawohl – dabei werde sie schlürfen, wie es sich gehört, sie wolle ja eh nichts Besseres sein, und um das letzte »Lackerl« Suppe sei es wirklich schad, und deshalb werde sie aus dem Teller trinken, so wie auch die Hintermaier Fritzi es tut, und diese stand weiß Gott nicht im Verdacht, arrogant sein zu wollen. Na seht ihr, jetzt habt ihr mich, wo ihr wollt. Wollt ihr mich jetzt akzeptieren als Arbeiterin, mich aufnehmen in euren Kreis? Nein? Recht habt ihr, mich abzulehnen, ich hab's verdient, lehnt mich ab, damit ich mich nicht akzeptieren muß, niemand kann von mir verlangen, daß ich mich selber wertschätze.

Allmählich wurde dieses neue Leben ihr zur Gewohnheit und ihr Verstand folgte ihrem immer mehr absinkenden Bewußtseinszustand. So lebte sie dann also ihr »wahres« Leben. Es war ja immer schon so gewesen, nie hatte sie eine Chance gehabt, für die paar Jahre, in denen es ihr gut gegangen war, sei sie schwer gestraft worden, und wenn sie sich so zurückerinnerte, war es nicht schon immer so gewesen, daß sie sich maßlos überschätzt hatte? Nein, sie würde nicht in die Großstadt gehen zum Härtling, sie würde nicht mehr in irgendeinem Büro arbeiten, sie würde nicht mehr ins Theater gehen. Ja, sie hatte sich entschlossen, langsam zu verblöden, sie wollte ihren schicksalhaften Weg gehen, allein, unbeeinflußt von irgendwelchen Männern, die eh nur mit ihr ins Bett gehen wollten. Andere glaubten an den lieben Gott, Charlotte glaubte an ihre Inferiorität, und sie glaubte es so fest und innig, daß auch in ihrer Erinnerung Dichtung und Wahrheit allmählich miteinander verschmolzen. War es nicht so, daß Hubert letztlich deshalb in Konkurs gegangen war, weil ich die Krankenkassabeiträge nicht rechtzeitig überwiesen habe? lief es eines Tages durch ihren Kopf, als sie in der Pause der zweiten Schicht hastig ihre Knackwurst mit Zwiebel hinunterwürgte. Ihre Selbstprognose, daß sie nichts wert sei, hatte sie sich selbst mit bemerkenswerter Zieltrebigkeit erfüllt.

## 19. REIFEPRÜFUNG

Für Siegfried rückte der entscheidende Tag der Matura immer näher, und je näher der Tag kam, der auf sein weiteres Schicksal einen entscheidenden Einfluß ausüben würde, desto intensiver arbeitete er, er vergrub sich in die Arbeit, arbeitete bis spät in die Nacht hinein, als gäbe es keinen anderen Sinn auf der Welt, als für die Matura zu lernen. Wie seine Mutter, so konnte auch er sich quälen, er brachte sich selbst eine kompromißlose Härte entgegen. Aber der Antrieb von Siegfrieds Härte war ein gänzlich anderer. Er speiste seine enorme Energie nicht wie bei Charlotte aus einem seelischen Defekt, der sich in einen zwanghaften Wunsch zur Zerstörung transformiert hatte, sondern aus dem egoistischen Motiv, sein Leben wieder in den Griff zu bekommen, vor allem jedoch aus dem Wunsch heraus, sich selbst eine größere Wertigkeit zu beweisen, Tag für Tag, Stunde für Stunde, Minute für Minute sein durch den Konkurs schwer reduziertes Selbstwertgefühl wieder zu vergrößern. Nur die Überwindung seiner Trägheit erlaubte Siegfried ein Loslassen vom Gefühl der eigenen Minderwertigkeit, eine temporäre Erholung von jener tiefen Niedergeschlagenheit, die alle jene fühlen, denen Unrecht geschehen ist. Der klar definierte Tagesablauf – Aufstehen, Bahnfahren, Schulunterricht, wieder Bahnfahren, Tankstellenarbeiten, Lernen, Schlafen und wieder Aufstehen – enthielt eine beruhigende Rhythmik, eine immer wiederkehrende Determiniertheit, ein fest definiertes, unverrückbares Ablaufschema, das nichts mehr zuließ, was außerhalb dieses Schemas sich entwickeln wollte. Und so wurde die stupide Regelmäßigkeit seines Tagesablaufs zugleich zu einer hilfreichen Stütze für seine Weiterentwicklung, er begann an dem geregelten, wiederkehrenden Ablauf seiner höchstpersönlichen Welt Gefallen zu finden, und was er ursprünglich als Quälerei empfunden hatte, begann er allmählich immer mehr zu schätzen, und bald stellte er seine ganze Lebensenergie in den Dienst seines vollständig starr geregelten, individuellen Tagesablaufs. Auf diese Weise vergingen vier Jahre, die für ihn so langsam liefen, als wollten sie sich zurückhalten.

Erst ein paar Tage vor der entscheidenden Reifeprüfung, im allmählichen Abklingen seiner seelischen Verletzungen, welche die Ereignisse verursacht hatten, war Siegfried aufgefallen, daß die zeitweiligen Trübungen seines Bewußtseins seit dem mißglückten Versuch, sein Leben zu beenden, nicht mehr aufgetaucht waren. Die Rückbildung seines Bewußtseins war zum Stillstand gekommen, seit Oma Sterzinger mit ihrem Holzbottich und dem Blasebalg in Siegfrieds Leben getreten waren. Die mächtigen Kräfte der Selbstbehauptung hatten sich aktiviert und die auf Rückbildung und Zerstörung gerichteten schizoiden Impulse unterdrückt. Obwohl die Krankheit seiner Seele immer noch latent vorhanden war, kam sie nicht mehr zum Ausbruch. Und so schien es, daß die Magie des hölzernen Bottichs und die mehrmalige Beschwörung des vermeintlich unsinnigen Blasebalgspruchs, der in Wirklichkeit möglicherweise ein jahrhundertealter Zauberspruch Waldviertler Hexen war, Siegfried Kadenbach von seiner Seelenkrankheit geheilt hatten. Oder waren es die fauligen Dörrpflaumen der Oma Sterzinger gewesen? Waren es am Ende doch die unerklärbaren Kräfte der Homöopathie?

Am Tag vor der schriftlichen Matura in Buchhaltung konnte er nicht schlafen, er hatte Angst vor dem unkontrollierten Vorurteil des Professors Berger, und am Tag der

Prüfung fühlte er sich wie betrunken von der Schlaflosigkeit und der Anstrengung der vorangegangenen Tage. Als dann die Maturafragen ausgeteilt wurden, konnte er anfangs vor Aufregung nicht arbeiten, dann begann er, mehrere der Aufgaben gleichzeitig zu lösen, aus Angst, die Zeit könnte zu früh ablaufen. Er brachte nichts zu Ende und fing an, alle paar Minuten an einer anderen Aufgabe zu schreiben, er war so überdreht und aufgekratzt, daß er überall kleine Fehler machte, indem er die Buchungssätze nur halb hinkritzelte, die Ziffern in falscher Reihenfolge aufschrieb, solcherart einen »Ziffernsturz« verursachend. Er hinterließ das Ganze in chaotischer Anordnung und schlecht lesbar, weil in katastrophaler Form. Hektisch begann er, die halb gelösten Aufgaben nachzurechnen, suchte Fehler, wo keine waren, strich ganze Textblöcke durch, um sie dann durch das Untersetzen von Punkten unter den durchgestrichenen Text wieder als gültig zu erklären, sodaß ein heilloses, schwer durchschaubares Durcheinander von unterschiedlichen Schriften herauskam – die Buchstaben abwechselnd einmal nach links gelehnt, einmal nach rechts gelehnt, manches war mit Bleistift geschrieben, ein anderer Teil mit Kugelschreibern unterschiedlicher Farben. Nach einer Weile hörte er, wie Dr. Berger einer Schülerin leise eine Frage beantwortete, etwas mithalf, und dann – kaum hörbar – flüsterte der Lehrer »... noch eine dreiviertel Stunde ...«

Und da passierte es, daß Siegfried von einem Augenblick auf den anderen begriff, daß er noch eine Chance hatte. Eine dreiviertel Stunde lang konnte er noch arbeiten. Zeit genug, dachte er, um sämtliche Aufgaben neu zu beginnen, komplett durchzuarbeiten, die Buchhaltungsmatura doch noch erfolgreich abzuschließen. Siegfried erhob sich, ging auf die Toilette, drehte den Wasserhahn auf und ließ sich das kalte Wasser über Stirn und Gesicht laufen. Den fließenden Aufprall der Wasserstrahlen empfand er wie eine nach außen gestülpte Gehirnwäsche, welche die wattige Müdigkeit, die er zuvor noch verspürt hatte, schlagartig verschwinden ließ. Er erkannte mit sicherer Gewißheit, daß er die Aufgaben jetzt mit Leichtigkeit lösen würde können, es war ihm, als hätte er den durch überhektische Betriebsamkeit fest verknüpften Knäuel aus einstürzenden Gedanken und peinigenden Angstgefühlen mit einem lässigen Kunstgriff gelöst, als dirigierte er mit seinen sehnigen Händen die Melodie seiner Gedanken zur wohlklingenden Symphonie selbstbewußter Gelassenheit. Aber in jenem Augenblick, als er wieder klaren Kopf bekommen hatte, in der unverhofft triumphalen Empfindung seiner Überlegenheit, durchzuckte sein Bewußtsein die Vorahnung, daß sich während seiner Abwesenheit im Klassenzimmer etwas ereignet haben könnte, das ihn mitten in seiner Seele treffen würde, dort wo sich seine Kraftquelle befand, die seine Liebe zum Leben speiste. Das Unheil hatte sich ereignet, »es« war passiert, das fühlte er mit der Gewißheit des Opfers: Dr. Berger hatte seine Arbeit ... Nein! Siegfried stürzte zur Tür hinaus, hastete zurück zu seinem Platz im Klassenzimmer, wo seine Maturaarbeit auf dem unebenen, zerkratzten Schreibpult liegen mußte, die karierten A4-Bögen mit der Aufschrift »schriftliche Reifeprüfung in Buchhaltung und Rechnungswesen«, seine hektisch hingekritzelten, abgekürzten Buchungssätze, seine zifferngestürzten Steuerberechnungen und die Textaufgaben zur kaufmännischen Betriebskunde, von denen er die meisten halb richtig, halb falsch beantwortet hatte. Er hatte seine Maturaarbeit in seinem überaktivierten Gehirnsturm vor seinem Aufenthalt auf dem Klo auf seiner Sitzbank zurücklassen müssen. Aber jetzt, wo er sich im Zustand des Gewinners befand, würde er die karierten Bögen öffnen und sofort damit beginnen, die komplette Arbeit in die klare Struktur eines braven und ordentlichen Buchhalters zu bringen. Saubere, nett geschriebene Buchungssätze mit deutlichen, lesbaren Zahlen würde er hinterlassen auf dem Karopapier, auf dem er seine Zukunft, sein Leben, seine Selbstachtung schreiben würde. Ein Buchhalter mußte pedantisch sein, Korrektheit bis zur Hölzernheit war angesagt, ein Buchhalter konnte dünne Haare, schlechtsitzende Anzüge, Mundgeruch haben, aber er durfte sich keine eselsohrigen Maturabögen leisten, keine abwechselnd nach rechts und links hängende Schrift, keine undeutlichen, individuell gewählten Abkürzungen. »680 AfA an 170 BGA ... 1,5 Mio. S, was zum Teufel heißt das«, hatte Dr. Berger schon bei seiner letzten Arbeit gesagt, »hören Sie endlich auf, diese unklaren Abkürzungen zu verwenden, schreiben Sie ordentlich, Ihre Schrift ist unausgeglichen, sie dreht sich wie die Fahne im Wind, man sieht auf dem ersten Blick, Sie sind nicht konstant, Sie sind nicht ausgeglichen, Kadenbach. Man merkt Ihre chronische Charakterschwäche, mein lieber Kadenbach, ja,schon an Ihrer Schreibschrift, führen Sie die Konten anständig, schreiben Sie die Ziffern lesbar, Ihre Neuner sehen aus wie Nullen, wo bleiben die Tausenderpunkte bei Ihren Zahlen, schreiben Sie die Buchungssätze anständig aus, ich bin ja kein Gedankenleser, wie oft habe ich Ihnen schon gesagt, Sie sollen nach der Kontensaldierung eine Buchhalternase einfügen, damit man das Konto als abgeschlossen erkennen kann, sonst kann ja hinterher jemand manipulieren. Schlampigkeit öffnet Tür und Tor für spätere Unterschlagungen, sie ist die Keimzelle für fahrlässige Krida, Kadenbach, gerade Sie sollten das wissen, Kadenbach, lernen Sie doch endlich was aus Ihren Lebenserfahrungen ...«

Siegfrieds düstere Vorahnungen hatten sich tatsächlich erfüllt. Die Maturabögen auf seinem Pult waren verschwunden ... sie mußten auf den Boden gefallen sein ... Er streckte seinen Kopf weit vor, pendelwiegend in nervöser Seitwärtsrotation suchte er die verschwundenen Papierbögen. Schildkrötenartig, erschütternd komisch wie der Chefnarr der allmächtigen Erzengel aller Buchhalter, Steuerberater und Wirtschaftstreuhänder. Er war bereits vollständig unter sein Schreibtischpult gekrochen, als er der hohnbrüllenden Lächerlichkeit seiner aussichtslosen Verrenkungen endlich einsichtig wurde. Seine Buchhaltungsmatura war weg. Lag nicht mehr dort, befand sich ganz einfach nicht mehr an ihrem Platz. »Es« war also tatsächlich passiert, seine Voraussage hatte sich selbst erfüllt, war Wirklichkeit geworden: Dr. Berger hatte seine Maturaarbeit vom Pult genommen, konfisziert, eingesammelt, aus dem Bewerb genommen, aus dem Spiel gestellt. Aber das durfte nicht sein, dachte Siegfried, es mußte ein Irrtum des Schicksals sein, denn er würde es nicht ertragen können. Gleich, noch in diesem Moment würde dieser Zustand der Un-Ertragbarkeit aus sich heraus eine gefühlsgesteuerte Korrektur der fehlgeleiteten Ereignisse vornehmen, gleich würde der Teufel Siegfrieds karierte Maturabögen aus dem Hut ziehen, würde sich lächelnd entschuldigen für seinen derben, bitteren Streich. Siegfried würde sich wieder an sein Schreibpult setzen, die rollgeknickten Papiere von den Spuren des beelzebübischen Mißbrauchs fingerspitzig glattstreichen, würde die Aufgaben lösen wie ein geborener Buchhalter, für die letzte halbe Stunde seines ungebrochenen Willens würde er ein grandioser Schauspieler sein, der einen hohen Ministerialbürokraten von Adel verkörperte, der schon bald zur Rechten des Ministers am Stubenring in der Hauptstadt sitzen würde, er würde seine Rolle gut spielen, dieses letzte Mal würde er auf Doktor Bergers karierten Klosettpapierbögen seine Buchhalternasen inskribieren ...

Der Buchhaltungsprofessor Berger saß auf seinem Frontpult, vor seinem Klassenbuch und dem Zeigestab, den Insignien seiner Macht, und schielte über seine Lesebrille hinweg zu Siegfried hinüber. »Falls du deine Arbeit suchst, die liegt hier bei mir. Wird dich hoffentlich nicht wundern, daß ich sie eingezogen habe, nachdem du über zehn Minuten verschwunden warst. Wo bist du übrigens gewesen, bist wohl ins Klosett gefallen, oder was?« Siegfrieds pendelartige Kopfbewegungen stoppten, denn es ging ein Ruck durch ihn, wie ein elektrischer Blitzschlag, der Seele, Nerven und Gehirn getroffen hatte und jetzt über die elektromagnetischen Ladungen des Körpers unter heftiger Benutzung der überspannten Muskelstränge effektvoll ventilierte. Seine Hände zitterten, die weißschimmernden Knöchel umklammerten die Pultkante, er wurde überflutet von den plötzlichen Adrenalinwellen, die sich in die Blutbahnen seiner überhitzten Körperlichkeit ergossen, die Seele krampfte sich wie unter mentalen Stromstößen, er wollte augenblicklich sterben, er war bereit, einfach loszulassen, ja er wollte wirklich kapitulieren, die Segel streichen, sich abtakeln lassen, im leckgeschlagenen Fährschiff seiner fragwürdigen Existenz würde er untergehen im Ozean seiner Verzweiflung. Nein, es war kein Alptraum, aus dem er erwachen durfte, es gab keine Lösung.

Da war es wieder: Die Bilder waren gesprungen, das Bewußtsein hatte sich verengt. So war es schon vor vier Jahren gewesen, als die ganze Klasse und das ewig lächelnde Bildnis des Herrn Bundespräsidenten zum Zeugen seines Bankrotts geworden waren, als er wenig später vergeblich versucht hatte, in der Kirche den Apostel Paulus zu verlesen und als er auf dem Kretzenberg endlich aufhören wollte, mit seiner Existenz sinnlos zu prassen. Erst jetzt wurde es ihm wirklich einsichtig, erst in diesem Augenblick hatte er zum ersten Mal wirklich verstanden: Doktor Berger war nur der Konkursverwalter von Siegfrieds menschlicher Würde. Aber der Schuldige war er selbst, Siegfried: Er hatte sich selber in eitler Aufsässigkeit ein Bein gestellt und sich zu Fall gebracht, weil er wider besseres Fühlen, seinen authentischen Empfindungen zum Trotz, geglaubt hatte, es gäbe keine Schuld des Sohnes für die Taten des Vaters. Hatte er wirklich gedacht, er wäre den Opfern seines Vaters nichts schuldig gewesen? Er hatte sich davonstehlen wollen, er wollte dem Schicksal ein »Schnippchen schlagen«, ein pragmatischer Pfiffikus hatte er sein mögen, er hatte es sich einfach machen wollen, mit der übelriechenden Krankheit seiner eigenen Eitelkeit hatte er sich selbst infiziert, in fahrlässiger Weise hatte er die Opfer seines Vaters brüskiert, in eitler Selbstgefälligkeit die Matura machen wollen, die Schande abwaschen wollen, er wollte ein Revisionist seines Schicksals sein, ein Egoist, der seine Verpflichtungen nicht erkannte, seine Schuldverantwortlichkeiten hatte er insgeheim, ohne vorherige Konsultation seiner Gläubiger reduzieren wollen, wie ein fieser Betrüger, ein Hochstapler des Schicksals hatte er sich benommen. Erst jetzt wurde ihm die Gnade der Erkenntnis zuteil, erst in diesem Augenblick erlebte er die nackte Erfahrung seiner höchstpersönlichen, individuellen Wahrheit: Er war der Räuber auf dem Weg nach Golgotha, er trug das Kreuz der Herkunft, auf das er genagelt werden würde, denn er war der Sohn seines Vaters, der ein Täter war, und es war nur recht und billig, daß der Sohn das Kreuz seines Vaters trug, seit biblischen Zeiten war es so gewesen, immer schon waren Vater und Sohn durch die winzigen Spuren des Blutes verbunden, die im Sperma eingemischt waren, und der Kelch, den der Sohn trinken mußte, war mit den salzigen Tränen der Opfer des Vaters gefüllt. Es stand in der Bibel, im jahrtausendealten Testament stand es geschrieben, in den Rollen von Qumram, den Geheimnissen der Thora und der Kabbala, aber bis zu diesem Augenblick hatte er nicht das Geringste davon verstanden gehabt. Er war ein übeltätiger Ignorant, ein Narr gewesen, wenn er geglaubt hatte, dem vorgegebenen Pfad seines Schicksals entrinnen zu können. Es war unrecht und hochmütig von ihm gewesen, wenn er angenommen hatte, daß er in seinem Leben unter sich allein bleiben hätte könne, sich abkoppeln könne von seinem Vater. Das »ewige Leben« manifestierte sich auch im Weiterschleudern der eigenen Schuld, in der Ejakulation der Doppelhelix auf die Söhne und Töchter. Ja, es gibt eine ererbte Schuld, dachte Siegfried, sie ist die Basis des menschlichen Gewissens. Die Erbschuld gehörte zum Geheimnis des ewigen Lebens, wie hatte er diese Erkenntnis in all den Jahren ignorieren können, sie lebte in den den Chromosomen, sie war der Motor der menschlichen Weiterentwicklung. Ohne sie bliebe die Menschheit statisch und unentwickelt. Erst wenn die Schuld der Kinder durch die DNS, das Transportmittel jahrtausendealter Informationen, in den Kosmos des Fleischlichen, Vergänglichen, Verwesenden ausgestoßen worden war, würde sie ihren Zweck erfüllen, und ihre Legitimation war die Reifung des Bewußtseins, dachte Siegfried.

Er gab auf. Er nahm seinen mehrminigen Kugelschreiber, die Bleistifte und das Lineal, steckte es in seine Rocktaschen und verließ das Klassenzimmer. In der Erkenntnis seines vorbestimmten Schicksals hatte Siegfried aufgegeben, er hatte seine Lektion endlich gelernt. Anstatt die

Maturaarbeit fertigzumachen, kehrte Siegfried also zurück in »sein« WC, setzte sich auf den Klodeckel, mit geschlossenen Augen tastete er mit den Fingern um sich, wickelte sinnlos, in seinem merkwürdig reduzierten Bewußtseinszustand, eine Rolle Klopapier ab und zerriß sie in kleine Teilchen, ergriff den Stiel der Klobürste, ein vor Dreck starrendes Handtuch, ein paar abgedrückte Zigarettenstummel, eine Plastikflasche mit Reinigungsmittel. Zu seinem plötzlichen Erstaunen bemerkte er, daß die seelische Qual, die er empfand, schlagartig von einem körperlichen Schmerz überlagert wurde. Es brannte, pochte, peinigte ihn auf seinem Unterarm, es war ihm, als hielte jemand glühendes Metall an seinen Arm, und je mehr er zurückwich, desto stärker wurde das Pochen, Bohren, Brennen, sodaß er sich vor Schmerzen krümmen mußte und zu seiner Beschämung leise winselte, ähnlich wie jener Jagdhund, dem Hubert vor ein paar Jahren in der Garage stückchenweise die Rute abgehackt hatte, um seinem Sohn zu beweisen, daß ein fünfjähriger Bub seine Mannhaftigkeit auch durch tätige Grausamkeit beweisen mußte. Es war seltsam, aber der brennende Schmerz auf seinem Unterarm, der sich allmählich bis zur Unerträglichkeit gesteigert hatte, ließ Siegfrieds biblisches Bewußtsein, ein mit der Vaterschuld behafteter Täter zu sein, der zum Versagen verurteilt war, allmählich in den Hintergrund treten. Der wuchtige Schmerz des Körperlichen hatte die diffizile Qual seines Bewußtseins überlagert, sodaß er gerade in jenen Augenblicken, als der Schmerz am Unterarm am unerträglichsten geworden war und die Schwelle des hündischen Winselns überwunden war, in jenen Sekunden, in denen es keine adäquate Ausdrucksform mehr gab für die Qual, die er empfand, den Konkurs und die gescheiterte Matura vergessen hatte. Denn er gewährte sich nur in den Momenten höchsten körperlichen Schmerzes die Absolution für »seine« Blutschuld, für die rücksichtslose Ausbeutung der Ellender Arbeiter, den Mißbrauch des Dienstmädchens, die hohnlachende Demütigung der Gasthausgäste, für seine abstoßende Körperlichkeit, die ihn mehr und mehr anwiderte, für das langsame Dahinfaulen seines Körpers, der in abstoßender Weise jene menschlichen Exkremente produzierte, die an dieser Örtlichkeit wieder herausgepreßt und in die Kanalisation geschleudert wurden. Ein einsames Stückchen Schmutz, so dachte er, hatte jene Örtlichkeit aufgesucht, welche die stärkste Affinität zum Körperlichen besaß, dort wo die verzweifelte Gefangenheit des Menschen, das Eingesperrtsein in seine stoffliche Umhüllung und seine Verdammung zum Stoffwechsel stündlich, bei jeder Unterrichtspause immer wieder in seiner ganzen Lächerlichkeit und Stinkigkeit demonstriert wurde. Hier, in diesem winzigen Raum, in seiner engen Beschränktheit, offenbarte sich jetzt »Siegfrieds Wahrheit« über die Menschen, die zur Fäulnis verdammt waren, durch die lästerliche Sünde ihrer Existenz. Der Schmerz ließ ihm eine weitere »Erkenntnis« aus der Seele fallen: Er hatte sich schuldig gemacht, indem er seine vorbestimmte Schuld nicht akzeptiert hatte, aus den Motiven der Eitelkeit heraus hatte er seine Vorbestimmung nicht ernst genommen, er hatte sich über sein Schicksal lustig gemacht, aus bloßer intellektueller Hoffart hatte er sich verleiten lassen, für sich selbst das Beste als gerade noch akzeptabel gelten zu lassen. Warum war er in die Stadt gefahren und hatte sich die neuen Schischuhe aus Hartplastik gekauft? Warum hatte er nicht einfach die alten Doppelschnürer aus Leder anziehen können? Erst jetzt erinnerte er sich, daß er gewarnt worden war: »Willst du wirklich neue Schier und Schuhe kaufen, Siegfried? Die alten tuns doch auch noch«, flüsterte die Oma Sterzinger in seinem Kopf, ihr Blasebalg war schon schwach und schlaff, sie konnte nicht mehr viel Druck durch Mund und Nase erzeugen und ihre Kraft schien allmählich nachzulassen, sie schien leer zu werden. Ja, er war hoffärtig und eitel gewesen, das wußte er jetzt mit Gewißheit. Er hatte versucht, die Sünde seiner Herkunft zu ignorieren, seine Arroganz war seinem Schicksal widerlich geworden, und deshalb hatte es ihn bestrafen müssen, ihn zur Einsicht bringen müssen.

Irgend jemand klopfte an der Tür des Klosetts. Die Buchhaltungsmatura mußte schon abgeschlossen sein, denn er hörte von draußen die aufgekratzten, erleichterten, teils fröhlichen Stimmen seiner Klassenkameraden. »Siegfried, laß uns auch rein, wir müssen auch pinkeln, oder willst du im Häusel übernachten!« Sie rüttelten an der Tür. Keine Reaktion. Siegfried war vor Beschämung wie gelähmt und der linke Unterarm brannte immer noch, als hätte jemand flüssiges Blei in geöffnete Wunden gegossen. »Wir wissen, daß du da drin bist.« Die Tür öffnet sich, Siegfried kommt aus der Toilette, den Blick auf den Boden geheftet, geht er mit raschen Schritten davon, leichter als erwartet bahnt er sich den Weg durch die aufgereizte Menge, er schafft es, niemanden anzuschauen, schleppt sich die Stufen hinunter zur Aula, aber dann, nachdem er das große schmiedeeiserne Tor der Schule hinter sich geschlossen hat, schreitet er in einer scheinbar zielgerichteten, schnellen Gangart mit großen, weit ausholenden Schritten voran, spagatartig und ruckweise antretend wie ein Weberknecht bewegt er sich gleichgeschwindig in Richtung der Stadtgrenze, schon nach kurzer Zeit hat er die Stadt im Laufgehschritt hinter sich gelassen.

Niemand bemerkte sein Verschwinden bis auf die Oma Sterzinger. Als Siegfried am nächsten Morgen nicht nachhause gekommen war, ging sie zum nächstgelegenen Gendarmerieposten ein paar Kilometer entfernt zum übernächsten Nachbarort und erstattete die Abgängigkeitsanzeige. Im Gegensatz zu Siegfried, der lange gegen sein Schicksal angekämpft hatte, hatte Josephine Sterzinger schon bald begriffen, daß es zu ihrer Bestimmung gehörte, ihre Männer und Söhne auf mehr oder weniger kuriose Weise zu verlieren, und gerade diese gleichförmige Art der ihr auferlegten Prüfungen betrachtete sie als ein sicheres Anzeichen dafür, daß diese Ereignisse gottgewollt waren. Josephine Sterzinger hatte vielfältige Gelegenheiten gehabt, Erfahrung in der Disziplin des Leidens zu sammeln, denn an Ereignissen, die als Anlaß für tiefes Unglück geeignet waren, hatte es ihr nie gefehlt. Sie machte sich ihre Sorgen um den Buben in einer stillen und unspektakulären Weise, sie litt mit der Anmut des Profis, der sie auf dem Gebiet des Erduldens geworden war.

Erst als Siegfried zur mündlichen Maturaprüfung, die ein paar Tage später stattfand, nicht mehr erschien, begannen sich auch seine Schulkollegen und Lehrer zu fragen, wo er geblieben war. Sein Nichterscheinen löste großes Erstaunen aus, denn der Zwischenfall bei der Buchhaltungsmatura war unbemerkt geblieben, sodaß es keine Erklärung für sein Verschwinden gab. Die Direktion schickte ein Telegramm zu Siegfrieds Vater nach Ellend, das unbeantwortet blieb, weil Hubert Kadenbach bei seinem Entschluß geblieben war, keine Post mehr zu lesen, weil er ja doch nur Mahnklagen und Pfändungsanträge zugesandt bekam. In seiner Behausung stapelten sich Dutzende von eingeschriebenen Briefen, RsA-Briefen, RsB-Briefen, Rückscheinbriefen und Telegrammen, vermischt mit vergilbten alten Tageszeitungen und jenen zerlesenen und zerfledderten Frauenzeitschriften, die Barbara bei ihren immer seltener werdenden Besuchen zurückgelassen hatte. Der Schulwart im Gymnasium ärgerte sich, daß der Zustand der Toiletten in der Schule mit der Zeit immer ärger wurde. Und jetzt verschwanden sogar schon ganze Klopapierrollen und Reinigungsmittel. Überall auf dem Fußboden der Herrentoilette im zweiten Stock lagen zerfetztes Klopapier und ausgedämpfte Zigarettenstummel, und das schien dem Schulwart eine äußerst gefährliche Kombination zu sein. Er beschloß, sich darüber gleich am Montag bei der Direktion zu beschweren.

# 20. GASGANGRÄN

Er war erschöpft, fertig, in allen Fasern seines Körpers spürte er die Müdigkeit. Stundenlang hatte die Operation gedauert, mit der er die beiden Finger wieder angenäht hatte, die sich eine Bäurin beim Holzhacken abgetrennt hatte. Er hatte alles gegeben, was er vermochte, und das war eine ganze Menge, denn er war auf seinem Gebiet nicht nur gut, er gehörte zu den Besten der mikrochirurgischen Elite. Aber jetzt, nach Abschluß der Operation, begann die Phase der erzwungenen Inaktivität, die ihm verhaßt war. Erst nach Tagen würde er dann wissen dürfen, ob die Operation gelungen war. Er war Universitätsprofessor, Doktor der Universität Wien und der Universität Boston, vierfacher Vater, er verdiente hervorragend, er hätte die Hälfte arbeiten können und die restliche Zeit Golfspielen oder in teuren Kongressen herumsitzen können, aber die Mehrzahl seiner Patienten waren »kleine Leute«, die er auf Krankenkasse operierte, manchmal auch umsonst. Professor König war in Wien lange Zeit ignoriert worden, selbst noch zu einem Zeitpunkt, wo er in den USA schon spektakuläre Erfolge auf dem Gebiet der Neurochirurgie errungen hatte. Für sein Alter, er war Anfang Vierzig, hatte er schon eine Menge erlebt und vieles sehen müssen, was ihn manchmal schlecht schlafen ließ. Ohne daß er bewußt eine Karriere in der plastischen Chirurgie angestrebt hatte, war er nach und nach zum akribischen Fachmann geworden. Nicht ohne jene intellektuelle Selbstironie, die immer auch von einem Stückchen Eitelkeit durchzogen war, bezeichnete er sich als »Spezialisten für Entstellungen und Mißbildungen aller Art«. Bleiche, erschütterte Rettungsfahrer brachten ihm in scheinbar unerschöpflich grausamen Variationen entsetzlich verstümmelte Menschen. Sie reisten in Einzelteilen in die Klinik, ein Arm im Plastiksackerl, ein abgetrenntes, blutiges Ohr in einer Kiste mit Sägespänen, der Ohrring noch dran, ein steinharter Zeigefinger, den man stundenlang in der Tiefkühltruhe aufbewahrt hatte. Die Verwandten hatten es »gut gemeint«, man möge ihnen doch um Himmels willen keinen Vorwurf machen, sie hatten gedacht, anstatt den abgetrennten Finger zu kühlen, wäre es sicher besser, ihn gleich tiefzukühlen, denn dann »... können die Bakterien sich nicht festsetzen ...« Im Laufe seines Berufslebens war er mit allen Arten von Verwundungen und Mißbildungen bekannt geworden, die Unfälle, Krieg, Folter oder ein Geburtsfehler den Menschen antun, es gab kaum eine Grausamkeit, die ihm noch nicht begegnet war. Trotzdem wendete er sich nie ab, er hörte nicht auf, hinzusehen, und er bewahrte sich trotz analytischer Brillanz immer ein Stückchen Mitgefühl. Oft verbrachte er Stunden mit dem Betrachten, Fotografieren, Dokumentieren und Analysieren der Mißbildungen, allein mit den Diapositiven der Grausamkeiten, mit denen er unablässig überhäuft wurde. Obwohl er mit der Zeit etwas härter, »abgebrühter« geworden war, hatte er nie die abgestumpfte Gleichgültigkeit mancher seiner Kollegen angesetzt. Durch die zunehmende Konstanz und Berechenbarkeit seines ausgeprägten Charakters wußte jeder seiner Ärzte und Schwestern, woran sie bei ihm waren, andererseits wußte er die Besonderheiten seiner Mitarbeiter, er »kümmerte« sich, er war der Beste, er war der Chef. Sie nannten ihn »den King«. Seine menschliche Anteilnahme investierte er nicht aus Berechnung, um sie besser manipulieren zu können, sondern weil Menschen ihn grundsätzlich interessierten, und zwar nicht nur die Organteile, die er replantierte oder reproduzierte. Er beschäftigte sich mit jedem einzelnen, auch die Putzfrau erzählte ihm gelegentlich ihren Kummer, und der »King« hörte zu, er nahm teil an ihrem Schicksal. Für die Spitalsbürokraten unbequem, haßte er die menschenverachtende Ignoranz mancher Behörden noch mehr als Intrigen, aber seine gelegentliche, mitunter heftige Wut entlud er nicht an den Krankenschwestern, sondern in plötzlichen Anfällen von Joggingwut. Zur Verwunderung neu eingelieferter Patienten und zum spöttischen Amüsement seiner professoralen Kollegenschaft lief er dann in seinem altmodischen Trainingsanzug und seinen ausgelatschten Turnpatschen im Park des Sanatoriums herum, er scherte sich nicht im Geringsten um sein akademisches Prestige, und unter seinem Team wunderte sich bald keiner mehr über sein nicht immer standesgemäßes Verhalten.

Aber die Ursache jener Krankheit, die Dr. König und das Team seiner Ärzte und Schwestern an diesem verregneten Spätherbstmorgen zu sehen bekam, kurz vor Ende ihres vierzehnstündigen, nachtmüden Spitalsalltags, war ihnen allen ein Rätsel. Der verwahrloste, stoppelbärtige Sandler, den die Gendarmerie von Felsenbrückl in der alten, zerbombten Munitionsfabrik, ein paar Kilometer außerhalb von Altenstätt aufgegriffen hatte, war an Armen und Beinen mit stinkigem, feuchtem Aussatz bedeckt. Die Löcher in den Extremitäten, am Brustkorb und am Bauch wiesen im Zentrum eine bräunlich-schwarze Verfärbung auf, wie verbranntes Fleisch, an den Rändern ging die Farbe der fressenden Geschwüre allmählich in eitriges Gelb über, das an den Übergängen zu den gesunden Gewebsteilen schwach blutete. Eines der Löcher am Unterarm war so groß, daß man etwa drei Zentimeter des freigelegten Knochens einsehen konnte. Das Fleisch hatte sich vom Knochen abgelöst, die zurückgezogenen Teile der

Muskulatur befanden sich in einer muldenartigen Vertiefung, die Haut glich in Struktur und Färbung jener von getrocknetem Pergament. Aber in den eiterprallen Rändern des malträtierten Fleisches hatte sich schon neues Leben eingenistet. Kleine, dicke Maden bewegten sich in der langsamen Rhythmik des Fressens und Verdauens. Der ausgemergelte Körper des Landstreichers, er war kaum älter als zwanzig, wirkte jedoch wie ein dreißigjähriger Alkoholgreis, war verwahrlost, die fressenden Geschwüre entließen übelriechende Gase. Eine unregelmäßige Schicht von Schmutz und Grind bedeckte selbst jenen Teil des Körpers, der noch nicht vom Brand befallen war. Professor König zählte acht große, löchrige Wundmale, die in unterschiedlicher Ausprägung und Größe an den Extremitäten verteilt waren, nur der Kopf und der Rumpf waren von der geheimnisvollen Krankheit verschont geblieben. »Wie heißen Sie?« fragte die Nachtschwester den Patienten, in jenem pikierten, herablassenden Unterton, in dem man in Krankenhäusern und Behörden mit verkrüppelten oder behinderten Menschen spricht. »Kadenbach«, murmelte der dreckstrotzende Sandler, ohne auch nur aufzublicken, den Blick starr auf den Boden gerichtet. »Was ist passiert, auf welche Weise haben Sie sich diese Verletzungen zugezogen«, fragte der Assistenzarzt. »... Das hat sich langsam entwickelt ...«, murmelte der, und das blieb das einzige, was aus ihm herauszubringen war. »Was, zum Teufel, ist das?« zischte der Professor zum Oberarzt, der sein Taschentuch gegen Mund und Nase gepreßt hatte, um den eiterfauligen Verwesungsgestank ertragen zu können, »... sieht aus wie eine Kombination eines Gasgangräns mit einem Ulcus Cruris, teilweise schon nekrotisch, könnte aber auch ein sekundäres Hautsarkom sein, auf jeden Fall habe ich so etwas noch nie gesehen«, murmelte der Oberarzt durch sein Taschentuch, die Erschütterung über den Anblick und den Gestank des unerwarteten Patienten war ihm im Gesicht und an der Körperhaltung abzulesen. »Magst recht haben, Mayerhofer, aber was ist die Ursache, ich meine, wodurch wurde es ausgelöst?« brummte der Professor. Die Turnusärztin kotzte ihr Menü zwischen ihren an den Mund gepreßten Fingern schwallartig auf den Boden und lief mit weit aufgerissenen Augen, voller Scham und Entsetzen über ihre Empfindlichkeit aus dem Zimmer, was der »King« jedoch ignorierte. »Fotografieren, waschen, Parasiten und Eiter entfernen, Wunde säubern, desinfizieren, Laborbefunde fertigmachen, etcetera, Sie wissen ja, was zu tun ist, Schwester«, sagte Doktor König.

Am nächsten Morgen wurde der Sandler Kadenbach operiert. Für das Loch am Unterarm mußte König einen großen Hautlappen aus der Hüfte abziehen, den er über die Wunde am Unterarm transplantierte, sodaß die Haut anwachsen konnte, um das Schließen der Wunde zu ermöglichen. Die schwierige Operation gelang, die Haut der Hüfte begann, am Arm anzuwachsen. In der Zwischenzeit hatte Professor König die Fotografien und Befunde von Kadenbachs mysteriöser Krankheit an gut ein Dutzend Universitätskliniken verschicken lassen, aber die Ursache der Krankheit konnte dennoch nicht zweifelsfrei festgestellt werden, obwohl es eine große Anzahl von Hypothesen und Vermutungen gab. Eine Klinik in Tokio berichtete über einen Fall mit ähnlichen Krankheitssymptomen, dessen Auslöser eine Infektion durch Streptokokken gewesen war, ein Privatsanatorium in Chicago vermutete hinter der mysteriösen Erkrankung eine psychodermische Prozeßstörung, die durch hormonelle Störungen verstärkt worden war. Aber in Wirklichkeit waren die Ärzte ratlos, denn es gab keine verifizierbare Erklärung für die rätselhafte Erkrankung, und die Ursachen blieben weiterhin im dunkeln. Als der Professor einige Tage später begann, den Verband am Unterarm abzuwickeln, um sich persönlich vom Fortschreiten des Heilungsprozesses zu überzeugen, erwartete er, daß der transplantierte Hautlappen am Unterarm anzuwachsen begonnen hatte. In solchen Momenten war Doktor König glücklich, liebte er seinen Beruf über alles. Wieder einmal, wie so oft, schien er also gegen die Tücken einer hinterhältigen Krankheit erfolgreich als Sieger hervorgegangen zu sein. Aber dann prallte er entsetzt zurück, stockte König mitten in der Bewegung, der Verband war noch nicht ganz abgewickelt, als er schon bemerkte, daß die Operation schiefgegangen sein mußte. Hastig wickelte er den Rest des blutigen Verbandes ab, verblüfft schüttelte er den Kopf, ungläubig, von Entsetzen gebannt, blickte er auf eine frische, tiefe Wunde am Rande jener Stelle, wo der Hautlappen an den Unterarm anzuwachsen begonnen hatte, dort wo er ein paar Tage zuvor stundenlang operiert hatte, bei einer Hauttransplantation, in die er all seine ärztliche Kunst gelegt hatte. Er saß fassungslos auf der Kante des Spitalsbetts und hielt die grausam entstellte Hand des Burschen, die jetzt noch schlimmer aussah als vor der Operation. Irgend etwas stimmte hier nicht, Paul König fühlte es, aber noch wußte er nicht, was es war. Der Sandler Kadenbach lächelte traurig und sagte: »Es ist wieder gekommen ... Man kann seinem Schicksal eben nicht entkommen, Herr Professor.« König blickte dem jungen Burschen lange in die Augen, aus einem plötzlichen Gefühl heraus öffnete er das Nachtkästchen, um es zu durchsuchen, aber bis auf ein Fieberthermometer und eine frische Packung mit Mullbinden war es vollständig leer. Wortlos strich er über den Haarschopf des

Burschen und verließ das Krankenzimmer. »Passen Sie auf ihn auf«, sagte er zur Oberschwester, »ich will wissen, was er tut.« Die Patienten und das Spitalspersonal sahen den Professor wenig später im Park des Sanatoriums herumjoggen. Doktor König rannte wie ein Wutkranker. Mit dem Buben stimmt was nicht, dachte König, aber er wußte nicht, was es war …

## 21. PRINZ EHRENHERZ

Es war noch dunkel um vier Uhr fünfzehn in der Früh. Prinz Ehrenherz stand auf und ging auf die Toilette. Wieder hatte er eine schwere Prüfung vor sich, die er freiwillig auf sich nehmen würde, um einen Teil seiner Schuld zu tilgen. Fünfundfünfzig Familien hatte er unglücklich gemacht, Barbaras Ehre zerstört, Charlottes Leben ruiniert. Prinz Ehrenherz setzte sich auf den Klodeckel, ergriff die Plastikflasche mit dem WC-Reiniger, spuckte einige Male kräftig auf den Handrücken seiner linken Hand, setzte eine leere Rolle Klopapier wie einen Trichter auf die feuchte Stelle seines Handrückens, öffnete die Sicherheitsklappe des WC-Reinigers und schüttete das Pulver langsam auf die angefeuchtete Fläche am Handrücken. » … *beseitigt auch hartnäckige Verschmutzungen* …« Der Schmerz kam augenblicklich, schlagartig. Mit jener zunehmenden Wucht, die ihn immer noch in Erstaunen versetzte, entwickelte sich die chemische Reaktion, brannte sich die scharfe Säure in sein Fleisch.

# EPILOG

Siegfried Kadenbach stand vor dem Eingang zum U-Bahn-Schacht und starrte auf jene alte Büroschreibmaschine, mit der er vor dreißig Jahren seine Maschinschreibübungen getippt hatte und die der Masseverwalter beschlagnahmt hatte. Er griff in die Innentasche seiner Jacke und zog ein abgegriffenes, blaues Kuvert heraus, das er immer bei sich trug. Es stammte aus dem Nachlaß seines Vaters Hubertus Kadenbach, der im eiskalten Januar 1992 in volltrunkenem Zustand in einem halbverfallenen Forsthaus, in dem er illegal gewohnt hatte, erfroren war. Josefine Sterzinger, die ihn regelmäßig in der Klinik besuchte, hatte ihm das Kuvert mit dem Brief mitgebracht. Siegfried kannte den Text des Schreibens auswendig, er hatte ihn viele hundert Male gelesen. Er öffnete das Kuvert und entnahm das Schreiben:

Herrn Hubert Kadenbach
3704 Ellend Nr. 22

Altenstätt, 26. 6. 1971

Sehr geehrter Herr Kadenbach!

Im Auftrag der Direktion der Bundeshandelsakademie Altenstätt teile ich Ihnen mit, daß Ihr Sohn, Siegfried Kadenbach, zur mündlichen Reifeprüfung nicht angetreten ist. Nachdem der Schüler die schriftlichen Reifeprüfungen in allen Prüfungsfächern erfolgreich abgelegt hat, besteht die Möglichkeit, den mündlichen Teil der Reifeprüfung bei den Nachprüfungsterminen zu Beginn des nächsten Schuljahres von 6. bis 8. September 1971 nachzuholen.

Bundeshandelsakademie Altenstätt
Dr. Richard Berger, Klassenvorstand

Warum hast du den Brief ungeöffnet liegen gelassen, Vater? fragte Siegfried noch, bevor seine Erinnerung erlosch. Hubertus faltete den Brief mit der Bedächtigkeit des Alters, steckte ihn in das verschlissene Kuvert und das Kuvert wieder in die Innentasche seiner Jacke. Dann schlug er sich heftig mit dem Gehstock über den Kopf und eilte, so schnell es ihm trotz seines Alters möglich war, zum U-Bahn-Schacht, um rechtzeitig nachhause zu kommen. Die Platzwunde am Kopf, die er sich selbst zugefügt hatte, beachtete er nicht. Er, Hubertus von Ehrenherz, hätte noch viel Schlimmeres verdient, sagte er zu dem Arzt, der ihn am nächsten Morgen in der Klinik behandelte.

Victor Raskol
geboren 1954 in Wiener Neustadt, studierte Sozial- und Wirtschaftswissenschaften. Seine erste Veröffentlichung, der Roman »Ehrenherz oder die hartnäckigen Verschmutzungen« entstand im Sommer 1994.

*publication* *PN*°1
Bibliothek der Provinz